1
Author
雪菊
Illustration
Ruki
スキルを隠していたハロルドたちだったが、
その力はバレていた様で……
「家のことあるしな……」
（心底、嫌な予感しかしない）
【魔法の勉強をするため王都の学園に通いなさい】
という招待状（強制）が
届いてしまい――!?
巻き込まれ
転生者は
不運なだけでは
終われない
The "Reincarnation" Involved in the Accident does not Succumb to Bad Luck.

アンネリース
Anneliese
ネモフィラ
Nemophila
リリィ
Lily
ローズ
Rose
ルートヴィヒ
Ludwig
ハロルド
Harold

フォルテ
Forte
アーロン
Aaron
ブライト
Bright
みんなでお勉強

「アタシ、ハルについてっちゃお」
「ウチもとぉぜんいっしょぉ〜」
「ボクも」
数十年ぶりに
姿を現した妖精たちは
女神の加護を持つ少年に
嬉しそうに頬ずりをした

巻き込まれ転生者は不運なだけでは終われない

The "Reincarnation" Involved in the Accident does not Succumb to Bad Luck.

1

Author
雪菊
Illustration
Ruki

The "Reincarnation" Involved in the Accident does not Succumb to Bad Luck.

1

CONTENTS

口絵・本文イラスト：Ruki

プロローグ

男が最後に見た光景は、赤い火だった。

男の職場であった火の不始末。よく怒鳴る上司が煙草《たばこ》の火を消さないままに灰皿の上に放置。空調の風に舞った書類がそこに重なり、火が大きくなった。

一人で資料室の整理をしていた男は火事に気がつくのが遅れた。ふと「暑いな」と外を見た時に赤いものに気がついて焦ってドアを開こうとすると、すでにドアノブが熱せられて開かなくなっていた。

扉が燃え、棚に、資料に火は燃え移り、一酸化炭素中毒で彼はその一生を終えた。

死んだあと、霊体となった彼は死者の列に並ぶ。「どうせ死ぬなら積んでたゲームやっとくんだったな」とのんびりと思いながら真面目に順番を待った。

平々凡々な会社員だった彼は、強い後悔もなければ、強い執着もなく、「あの火事の感じからすりゃあ、そら死ぬだろうな」と納得していた。

そして、門番の前に立った彼はそこで「リストに載ってねぇぞ!!」と騒がれて首を傾《かし》げた。リストに載ってないは流石《さすが》に草、と思う余裕すらある。

別の場所に案内されると、疲労から草臥《くたび》れた感じの黒髪のイケメンが死にそうな顔でやってきて、思い切り頭を下げた。

「申し訳ございません……っ!! 手違いです!!」

「てちがい」

男は真面目に何のことかわからず首を傾げた。

頭に一本、角の生えた青年は鬼だという。死んだなら、役人っぽいのが鬼だというのも然《さ》もありなん、と斜め上なことを考えながらも続きを促した。

「佐藤《さとう》　晴様《はる》、あなたは火事に遭われますが、間一髪窓から目撃した人の通報で助かる予定でした」

「はぁ……」

「ですが、その……。その方がなぜか急に暴走する自動車に撥《は》ねられて消えてしまい、しかも犯人もすでに車に乗ってなかったという、こちらでも意味のわからないことになっており……」

あわあわと真っ青な顔で弁明する鬼がなんとなく不憫《ふびん》で「まぁ、特に生に執着もなかったんで」と苦笑しながら伝えると、緊張の糸が切れたのか泣き出した。イケメンなのに泣き顔が汚い。

「申し訳ございません……! 本来ならば、ずっと先に大往生の予定だったので……ッ、天国にも地獄にもお迎えできないと上司に言われてしまい……! もう無理だよ俺にどうしろって言うんだよぉ!!　流石にすでに骨になった人間を生き返らせるとかできるわけねぇだろぉぉぉ!!」

晴は死んだ自分よりもビィビィと大声で泣き出した鬼にドン引きしながら落ち着くのを待った。

待機場とかあるならそこにいればいいのでは、と思いもするが、きっとそうもいかないのだろう。

上司が意味のわからない指示を出してきたり、クライアントが急なオーダー変更を言いつけてくるよりはマシか、と気長に構える。落ち着いてきた鬼はぐずぐずと鼻を鳴らしながら資料を捲《めく》る。

「取り乱してすみません……。あの、そういうわけで異世界転生してくれませんか？」

「いえ、結構です。理由がわからないし、俺別にそこまで生きたいと思っていないので……」

晴はそういう感じの小説やアニメは楽しく見ていた。けれど、ああいうのは他人事《ひとごと》だからこそ良いのだ。厄介ごとの気配を感じて一歩後ろへ下がった。自分のせいで死んだわけではないけれど、家族も死別しているし、むしろ死後の世界で一緒に酒でも飲んでみたい気持ちである。守るべきものがないからこその自身の生への関心の無さだった。

「いいえ、あなたに選べるのは私の加護やスキルと共に異世界へ渡り転生するか、何もなく異世界に転生するかの二択ね」

柔らかな声が後ろから聞こえて、振り向くと見事なプロポーションの美女がいた。クリーム色のストレートの髪、垂れ気味な青い瞳、なにかを企《たくら》んでいるような面白がっている表情すら美しい。女神や天使というものがいるとすればこういった容姿だろう。

「待って。結局行かないといけないの？　俺、死んでから親父《おやじ》と酒でも飲むかと思ってたんだけど」

「無理よ。だってあなた、こちらの世界の死者管理の管轄外になってしまったのだもの。私がいる世界の無能な一柱が与えた異世界召喚の魔術とやらのせいだから責任を取ってある程度の便宜を図ってあげるけれど、拒否するならそのまま転生させて終わり。ま、私のせいではないから正直なところ選択肢を与えてあげるだけ慈悲というものね」

晴は「この女、地雷臭がヤバい」、と真顔になった。

「慈悲って……。俺だって別に好きで死んだわけじゃないんだけど」

「私だって例の召喚にも、あなたの死にも無関係だわ。それでも人の子の魂が、罪もないのに失われるというのも哀れだと思って声をかけてあげているの」

彼女は少し疲れたように溜息《ためいき》を吐《つ》く。溜息を吐きたいのは自分の方だ、と晴は思った。彼は転生もスキルも求めてはいない。

「実際、声もかけずに送り込むこともできたのよ。その方が面倒もないわ。けれど、何も知らず、生きていくための力もなく、今よりも過酷な世界に行くというのはあなただって嫌でしょう？」

「いや、そもそも転生させるなって話なんですけど」

「それは無理」

話が通じない。救いはないのか、と号泣していた鬼を見ると、手で大きくばってんを作っていた。

「すみません、うちの世界では受け入れ不可なんです！　どうしようもないんですぅ!!」

晴は正直かなり嫌だったが、管理側からここまで言われては「さすがに無理なのかも」と思った。思うしかなかった。何もなく送り込まれると、よりヤバいことになりそうな気配がした。何かあったら向こうでぽっくり楽に死ぬ方法を探すか、なんてこちらもそこそこにヤバいことを考えながら、仕方ないとまずは詳しい事情を聞くことにした。

フォルテと名乗る女神は語った。今回の出来事は聖女を呼ぼうとした異世界の人々が発端となっている、と。車を運転していたのが聖女で、彼女が召喚されたことで無人になり、制御を失った車が火事を通報してくれるはずだった青年を轢《ひ》き殺した。別の神に迎え入れられた青年は、異世界転生に大喜びしていた、とフォルテは言う。

若いって良いなぁ、と三十路《みそじ》を過ぎた会社員は苦笑した。晴はもう、そんな出来事に喜ぶことはできない。

『特別』。『天才』。

別の神に迎え入れられたというその青年は、そんな存在に憧れる気持ちがあったのだろう。けれど、過ぎた才能というのは自分や周囲を狂わせる。出る杭《くい》は打たれる、という言葉もあるのだ。

大きな力というのは、取り扱いが難しいものであると青年が自覚していればいい。そんなことを考えながら、晴は気持ちを切り替えようとフォルテに向き直った。

そして、異世界に転生することを了承した晴は女神フォルテからスキルと加護を与えられることになった。

「俺は楽に暮らしたいから生活が楽になるスキルとかがいいな。就職先に困りたくないし、危険な目にも遭いたくないから平和な国がいい。ホワイト企業的なところで無難に働いて普通に暮らしていきたい」

「なんだ。勇者になりたいとか女を侍《はべ》らせたいとかはないの？　大抵は無双系か魅了、次点で癒やしや生産系を望むけれど」

「そういうのは絶対に後悔しそう。多分俺の性格に合わないし、身の丈に合わない。大きな力には責任が伴う。俺にそれは背負えないよ。どっちかというとその生産系？　がいいな」

上司に怒鳴りつけられ、残業代は碌《ろく》に出ず勝手に削られている。そんな社会人だった彼は自分が物語の主人公のような性質でないことは理解していた。そうである以上、無双系のスキルを持っていても持て余すだろうと考える。

「でもあれは欲しい。よく見る異空間収納的なスキル」

創作物でよく見るそれは大変便利そうだった。場所によっては溜《た》め込むのが難しい食料などを保管できるだけで大変便利だろう。

「君、本当につまらない男ね。……問題を起こされるよりはいいけれど。私が担当になったからにはそれなりに成功してもらわないと……ほら、権威に関わるでしょう？」

そもそも嫌がっている人間に色々強要している時点で権威とはなんぞや、と晴は遠い目をした。

話し合いの結果、生産系のスキルの方がいいと言った晴に、その職業女神、地雷臭漂う美女フォルテは錬金術師のジョブスキルを与えた。晴が欲しがったスキルの他に、鑑定眼を「必要ね」と渡されて、あっという間に「じゃあ準備はいいかしら」と返事もしないまま送り込まれた。

晴は落ちていく感覚を覚えながら「俺、何も言ってないんだけどなぁ」と呟《つぶや》いた。

一章

転生させられた晴《はる》はハロルドという名前の平民となった。

生まれた場所はどこをどう見渡しても畑と木しか見えない。大きな町や村は遠く、生活に必要なものの一部には、定期的にやってくる行商人から買わなければならないものもある。

裏手にある山には魔物が闊歩《かっぽ》しているのでハロルドは最初、「フォルテ様、大丈夫か？」などと少し疑うようなことを思ったが、その日の夜にわざわざ夢の中に現れて、「この世界では一番、王がマシな国なんだ！」と訴えてきた。その必死さに納得をする。

そんな国の東の端にあるド田舎ではあったが、ハロルドは平々凡々に暮らしている。

（まぁ、何故《なぜ》か顔面偏差値は爆上げされてるけど）

女神好みに手を入れられた容姿は非常に目立つ。だからといって特に異性に興味があるわけでもなく、のんびりと少し小さめの鍬《くわ》を振るう。前世三十路《みそじ》男のハロルドからすれば同い年の女の子はロリだし倫理的に気になるというリアルな理由もある。どこか別の場所で、前世での成人年齢を越えてからしか恋愛ができないような気がしている。けれど特に問題はないかと考え直す。ハロルドはただの農民で、貴族ではないのだ。特に政略的なものなどそこには存在しない。それに加えて、家庭環境からすでに周囲には距離を置かれている状況だ。

汗を拭うと、母親であるミィナに呼ばれて振り返る。彼女は、父親がいなくなってから少し衰弱したように感じる。それが儚《はかな》げだと視線を集めていた。

母親用に笑顔を作って、手を振った。

ハロルドの母は若い時、大層美しかったと聞く。父親もそこそこに顔が良かったけれど、特に何をするでもなく女と楽しげに話していて仕事などしなかった。ハロルドは小さい時から「あ、この家碌《ろく》でもないな」なんて思っていた。なぜなら、母親も働いている様子がなかったからだ。

ハロルドは母方の祖父母に育てられたようなものだ。なぜあの勤勉で穏やかな祖父母から母みたいな何もしない人が生まれたのかわからない。

「ハロルド、せっかく綺麗《きれい》な顔をしているのにそんなにあくせく働かなくても」

母親の言葉に一瞬スンとしたハロルドだったが、すぐに持ち直して「僕は好きだから」と困ったように笑ってみせた。母親が「俺」という一人称を嫌ったため、彼女の前でだけ「僕」に直している。面倒だな、と見えないように溜息《ためいき》を吐《つ》いた。

母親はその美しさから異性にありとあらゆるものを貢がれていた。少し悲しげにするだけで手玉に取れるのだから恐ろしい。そのせいでこんな「美しければ働かずとも生きていける」などという価値観になっているのだから、原因は家族でなくこの村の男衆ではないかと疑う。

そして、ミィナの自分の息子を堕落させようとする言動に村の女衆もそれなりにピリピリしていた。ハロルドの両親のように働きもしないで貢がれたもので生活するような穀潰《ごくつぶ》しを増やされてはたまらない。

「おーい、ミィナさーん！」

その声を聞いて、顔には出さないが「うげ」と思った。少し遠くには2歳年上の幼馴染《おさななじみ》・ロナルドがいた。その姿を見て、ミィナは頬を上気させ、嬉《うれ》しそうに笑う。その視線に含まれる熱は、何らかの期待を孕《はら》んでいるように見えた。たかだか12歳の少年にそんな女の顔をする母親が不快だった。

自分を勇者だなんて嘯《うそぶ》く幼馴染は確かに才能があったらしく、王国立の学園に通っている。

ロナルドはこの村では特に目立つ少年であった。

（何せ、木の棒とかでゴブリンの群れを殲滅《せんめつ》させるんだものな）

この村の冒険者ギルドでも期待されているらしい。

また、それなりに容姿も整っていてその年齢にもかかわらず媚《こび》を売る異性もいた。ハロルドの母、ミィナもその一人である。

ハロルドはといえば、剣を振り回す相手をさせられたり、荷物持ちをさせられたりしてむしろ彼のことが好きではなかった。せっかく王都にいたのだから戻ってこなければ良かったのに、と心の底から思う。

ハロルドは生活をするために畑を耕し、罠《わな》を仕掛けて兎《うさぎ》や魚などを獲《と》る必要があった。このロナルドという少年に振り回されればその時間は減り、自分の生活は祖父母におんぶに抱っこという状況になるのが目に見えていた。

「おい。俺の荷物、家に置いてきて」

「嫌だよ。まだやることがいっぱいあるし、そんな暇ない」

呆《あき》れたようにハロルドが言うと、母親に頬を打たれる。ロナルドの言った通りにしろ、と告げたミィナは彼と腕を組み、去って行った。

その後ろ姿に白けた目を向けてからまた溜息を吐く。ロナルドはハロルドを振り返って口角を上げていた。その目からはどこか優越感が感じられる。

ハロルドの前世の両親は普通の人であったので、その光景にハロルドは、ちょっとどころかかなりドン引きしているが、二人は気づかないまま姿を消した。

（めんどくさ）

心の底から呆れながら、仕方なくその荷物を持つ。哀れまれながらも助けが入らないことも知っている。何せ、自分と関わればあの母が出てくるのだ。簡単に関わりたくはないだろう。それがわかっていても、助け起こしてすらくれない上にロナルドの暴挙が黙認されていることで、「国はどうあれ、村は居心地がいいとは言えないな」と心底うんざりしていた。

仕方がなく荷物を持っていったロナルドの家では、彼の弟が「兄貴じゃないの!?」と頬を膨らませていた。そんなことを言われても押し付けてきたのは彼の兄である。苦笑をして、荷物を渡すと近くに自分の兄がいるはずだと思ったのか周囲を見回す。いないことを確認して少し寂しそうな顔をした。

彼はロナルドの弟でペーターという。ハロルドはペーターとはそれなりに仲が良かった。頬が赤くなっているハロルドが気になったのかそのままついてくる。

「冷やす?」

「大丈夫。すぐにわからなくなるよ」

ハロルドはペーターをごまかしながら進む。普段通りに自分の仕事を完遂するのみだ。貴族と呼ばれる存在の生活はわからないけれど、今の平民という身分の自分では、働かなければその分生活が厳しくなる。母親が頼りにならない上に、祖父母にだって彼らの生活がある。甘えればきっとまだ幼いハロルドを助けてくれるだろう。しかし、彼自身はある程度大きくなっているのだから、あまり迷惑をかけるわけにもいかないと考えていた。母親のせいで苦労をかけているのだから尚更《なおさら》である。

村近くの狩場に仕掛けておいた罠は空振りで落胆する。運が良ければ兎や小型の魔物が獲れるのだが、今日の収穫はない。仕方がないな、と立ち上がるとペーターが「こんなとこに罠仕掛けるよりも狩りに行く方がいいんじゃない?」と問いかけてきた。

「隠しておいた弓矢がなくなってたんだ。まぁ、母さんだと思うけど」

「ふぅん。あの人、碌なことしねぇよなぁ」

他所《よそ》の子にさえそんなことを言われている。そして、それに対して返す言葉もない。ミィナのせいでハロルドが肩身の狭い思いをしているというのは、ペーターにもわかっている。そんな負債を抱えた人間と関わりたいと思う人間はそう多くないので、仲の良い村人が少ないのも仕方のない話である。

ハロルドでさえ実の親でなければ近寄らないと断言できる。一緒に暮らしているのだって「その方が祖父母への負担がマシだから」である。祖父母は「そんなことは気にするな」と彼を心配しているが、ハロルドは気がついている。自分が祖父母の家に居座れば、不良債権系毒母もついてくる。今でさえ10歳のハロルドが家事のほとんどを担っているのだ。実家に戻ったら余計に何もしないに決まっている。

（これ、俺がハロルドとして生まれてなければ、ヤバい娘にヤバい孫息子ができて、じいちゃんとばあちゃんの手には負えなかっただろうな）

顔が綺麗であればそれだけで周囲に助けてもらえるとミィナはそう信じていた。だからハロルドが農作業や狩りをしていると、その容貌が崩れることを危惧して止めるのだ。

あんなモンスターが二人になるとどうしようもないので、できればミィナにはもう妊娠してほしくないとハロルドは心からそう願っている。どうも自分の欲に弱い母親であるので神頼みでしかないが女神フォルテは存外ハロルドを気にかけてくれている。その願いは有効かもしれなかった。

次に川に仕掛けた罠を見ると魚が入っていたことに安堵《あんど》した。これで今日の食は得られたとホクホクである。

本当はその後も秘密裏に栽培している少しばかり貴重な薬草を採取して、冒険者ギルドに持っていったりしたかったが、その場所がバレるとよくない。ただでさえ、ハロルドの作った農作物は盗まれやすいのだ。薬草はそれなりの値で売れる。場所がバレたあかつきには、取り返しがつかない損害になるだろう。ペーターのことは嫌いではないが、祖父母以外の村人はあまり信用できなかった。

道中、きのこなども見かけたけれど、食用かどうかの目利きができるだなんて知られたら要らない仕事を任せられることは予想に難くない。女神から鑑定の魔眼という大変便利なものをもらってはいるが、少なくともそれが知られるのは信頼できる後ろ盾ができた時でなければいけないとハロルドは考えていた。

下手をすればスキル持ちは高値で売られてしまう。ただでさえ、親から綺麗な顔を受け継いでしまっているのだ。自分の「商品」としての価値が高まればどんな目に遭うか、ということを考慮して動かなくてはいけない。

ハロルドが住む国、そして辺境伯爵家が治めるこの領地は比較的平和な方ではあるが、夜盗や奴隷商人も存在する世界だ。警戒心は持っているべきだ。女神フォルテお気に入りのハロルドの美貌はどうあっても人の目を引いてしまう。注意深く生きなければいけない。

一緒に魚や木の実を採取しているだけだというのに、どこか楽しそうに木の棒を振り回しながら歩くペーター。微笑《ほほえ》ましくはあるが、怪我《けが》をしたりしないように見守りつつ、村に戻る。

ペーターを送る前に魚を置いていこうと家の扉に手をかける。すると、女の嬌声《きょうせい》が聞こえた。どこか苦しそうな声にも聞こえたのか、ペーターが扉を開けようとしたのを咄嗟《とっさ》に止める。

「どうしたんだよ。なんかヤベー病気で苦しんでたら誰か呼ばないとじゃん」

「今はダメだ。先にペーターの家に行こう」

非常に嫌な予感がした。

消えた時に腕を組んでいたのは誰だったかをハロルドはよく知っている。それに、そうでなくても子どもが見ていいような状況であるとは思えなかった。

無理矢理引きずって行こうとしたが、真っ青な顔をしていたハロルドの隙をついて、ペーターはドアを開けてしまった。

途端に悲鳴が出る。

子どもの悲鳴が聞こえれば、大人が集まるのは自明の理であった。しかも、叫んでいるのは普段やんちゃではあるものの、嘘《うそ》を吐いたりはしないペーターで、その場所は村一番ヤバい地雷女の家である。

ハロルドは自分も吐き気を抑えながら、家の前で真っ青になってすでに吐いているペーターの背を摩《さす》る。

自分の母親のあられもない姿など見たい子どもはいないだろう。いたとしてもごく一部の特殊性癖の持ち主だけだ。

家の扉は開け放たれていて、親とその相手の姿が村人の目に入っている。

ハロルドはミィナよりも目の前の幼い少年の心についた傷の方が心配だった。

家の中で事に及んでいたのはハロルドの想像通り、ミィナとロナルドだった。

ロナルドの両親とミィナの怒鳴り声&叫び声、村人から向けられる蔑みの目にハロルドは参っていた。救いはペーターが「ハロルドは止めてくれたのに入っちゃった」と証言してくれたことだろうか。

12歳の少年とやらかしていた母親を擁護する気持ちなど微塵《みじん》もなかった。謝罪しない上に、周囲の異性に媚を売って懐柔しようとしているミィナを見るとハロルドも一旦落ち着いたはずのものが迫《せ》り上がってくる気がした。もう胃袋には何も入っていないというのが功を奏してか、胃の辺りを摩るだけで治まっている。

賠償などの話にもなっているが、ミィナは「自分は悪くない」とヒステリックに叫ぶだけで、話し合いにもならない。彼女が貢がれたものを売り払ったとしてもそこまでの金額にはならないだろう。働かないミィナの個人資産なんてそう多くはない。生活を支えていたのはまだ10歳のハロルドである。

結局、夜遅くまで話し合いは続いていたが、ハロルドはまだ子どもだからと祖父母の家に泊まることになった。祖父母もまた、「孫を一人で残すわけにはいかない」と一緒に帰ると言うと、ミィナだけと話し合っても無駄だと思ったのか、その日はそこで解散となった。

眠いのに妙に目が冴《さ》えて眠れない夜を過ごしたハロルドたちに再度衝撃が走ったのはその次の朝のことである。

ハロルドがようやく眠りについた頃、空間が変わるような感覚に襲われる。夢だとわかっているが、ゆっくりと目を開くと芳《かぐわ》しい花の香りが漂っていた。周囲は一面が花に覆われていて少し先に小さくもどこか趣がある教会のようなものが見えた。

（いつものアレか）

小さく首を傾《かし》げて、「そんなに心配だったのかな？」などと思っていると、「晴《ハル》」と呼ばれた。前世の名前がそのまま今世の愛称なのはありがたい話である。

呼ばれた声の先にはクリーム色の長い髪、垂れ気味な青い瞳の女性がいた。目の下の泣きぼくろがセクシーだ。凹凸のはっきりした女性らしい体つきをしている。神話の神を彷彿《ほうふつ》とさせるその服装は彼女によく似合っていた。

「お前の母親、始末してやろうか？」

声の主である女神フォルテは笑顔を作ってはいたが、あまり機嫌がよくない様子だった。元々、ハロルドに何かあるごとに夢に出てくるタイプの意外と過保護な女神様である。最初の頃はもっと雑な印象であったが、実際に転生してみるとハロルドが思うよりずっと気にかけてくれていた。

そんな彼女は今回のことが非常に腹立たしかったようだ。

「どうせ自滅して泣きながら謝ることになると思いますから放置で」

神が動けばどんな影響があるかわからない、とハロルドは断固拒否の構えである。ミィナやロナルド、自分を助けてくれない村人の多くがどうなろうと知ったことではない。けれど、祖父母やペーターに影響が出る可能性があるのであればそれはハロルドにとって避けたいことであった。

その対応が不服であったのか、フォルテはジト目でハロルドを見る。

「む、むむ……。お前は甘いのではない？」

「まぁ、俺は貴族とかじゃないので、多少甘くてもいいでしょう」

苦笑するハロルドに、フォルテは少しだけ心配そうな顔をする。いつかその優しさが彼を傷つけるような気がした。彼女からすれば、このあたりでハロルドの害になる虫けら以下の連中なんてさっさと消してしまった方がいいとしか思えないのだ。

無論、フォルテは自らの愛《いと》し子《ご》に害を為《な》せばただで済ませる気はない。彼女にとってお気に入りとそれ以外の命は等価ではないのだ。

とはいえ、フォルテはフォルツァート……自らの片割れのように、直情的に人の話を受け入れずに罰を与える女神ではなかった。

ハロルドが言うのだから、と渋々と受け入れて、まだ幼いといえる少年の額に祝福を与えるかのように口付けた。


翌朝、ハロルドは祖父母に連れられてミィナと共に住んでいる家へと戻った。しかし、そこにミィナの姿はなかった。見ると机の上に何か紙が置いてある。

家を出て行くまではなかったな、とそれを手に取ると同時にハロルドの纏《まと》う空気が変わっていく。冷え切った眼差《まなざ》しで下手くそな文字を間違いがないか何度も確認する。

孫が怒りを我慢しているような印象を受け、祖父であるユージンは「ハル」と愛称で話しかける。自分たちに対しては常に愛想の良い可愛《かわい》い孫が無言で紙を渡してきて嫌な予感がした。

「あンの、クソ娘!!」

紙には汚い字で「少し　家　はなえる」と書いてある。「離れる」と書けなかったのは彼女があまり文字を書けないからだろう。

この辺りの領地では祖父母が若い頃に平民が悪質な人間に騙《だま》されることが頻発した。そういったことが起こる確率が少しでも減るようにという領主の計らいで、ある程度文字の勉強はさせてもらえた。

一瞬、何が言いたいのかわからない手紙のようなものだけれど、その意味を理解できたユージンの怒りは相当なものだった。

ユージンだって妻と一緒にミィナを矯正しようと努力した。だというのに、幼馴染だった男に振られてからのミィナは、周囲の異性にチヤホヤされて同じような性格の男とくっついた。結果として、夫に逃げられたとさめざめ泣いては、別の男を手玉に取る始末。

ハロルドが真面目に言うことを聞いてくれることもあり、娘に対する気持ちなどこれっぽっちも残らないどころかこの文面で消し炭になった。

その後に再びロナルドとその家族もやってきて話し合いが始まった。

ハロルドは目眩《めまい》を起こして倒れた祖母を介抱しつつ、ブチギレる祖父やら、いけしゃあしゃあと「誘われたから食っただけ」という幼馴染やら、泡を吹きそうなロナルドの母やら真っ青な顔のロナルドの父を見ていた。やはり真面目な両親から生まれたはずなのに、若干屑《くず》っぽい幼馴染を不思議に思いながら大人しく話を聞く。

最終的に、このままこの村にいたのでは、ハロルドがあまりにも不憫《ふびん》だという結論になって、祖父母とハロルドは村を出ることになった。ロナルドの両親とはミィナが帰ってきたら『好きにしていい』なんて約束までしている。

彼女は一人では何もできない人間だった。すでに売られている可能性もある。無事に帰ってこられる可能性の方が少ないとその場にいる全員が察していた。

（子どもを捨てて逃げたんだったら、自分がそうなっても仕方ないよな）

実際、ハロルドの祖父母がミィナを見捨てる決断をした決め手はハロルドを捨てていったことだ。

本人はそんなつもりはなかった、なんて言うかもしれないが、メモには気遣う言葉すら残されていない。ハロルド本人は「連れていかれなくてよかった」という気持ちでいっぱいだ。どんな目に遭うか、考えただけでゾッとする。

更にいえば、ロナルドと一緒に立ち去る際にハロルドの頬を打っていたという目撃証言まで上がっている。

ロナルドはバチボコに怒られているが「俺、別に悪いことしてなくない？」と不思議そうな顔をしていた。倫理観と常識がどうなっているのか。

「だって、誘われたし、おばさん美人だったし、ああいうの興味あったから」

悪びれずにそう言うロナルドを理解できない目で見てしまうハロルド。

（この世界の12歳ってこんな感じなのか？）

よくわからないままドン引きしていると、ロナルドの母が悲鳴のような声で「子ができたらどうするつもりなの!?」と叫んでいた。

ヘラヘラと笑っていたロナルドを見るに、そういった行為は命を生み出すものであるという自覚がないのだろうとハロルドは判断した。そういうことを気にしないロナルドに対して更に距離を取りたくなった。

村を出るまでには準備もあるのでそれなりに時間もかかる。それなのに、『子どもに手を出すような親の子には何をしてもいい』と思うのか、作物は荒らされ、罠もわざと壊されていた。家には石が投げ込まれるし、そんなハロルドたちを周囲は笑っていた。自分たちがそうした行為をしている相手もまた子どもだとは思わないらしい。

（どこの世でも、私刑ってのは気持ちが良いものなのか？）

文句は口に出さないハロルドだけれど、怒っていないわけではない。「ここまでされる筋合いはないぞ」とも思っている。けれど、行動を起こして今の状態が変わるとも、終わるとも思っていなかった。むしろ過激になる可能性が高い。そして、変に反抗すると痛い目を見るのは自分だということにも気がついている。

（俺も無駄にキレーな顔してるからなー）

そう思いながらコソコソと秘密基地に行って育てていた薬草を根ごと収穫する。そもそもハロルドが見つけて、ハロルドが増やした薬草だ。ここに生えなくても奥地に行けば、運が良ければ見つかるもの。必要ならば必死になって探せばいい。

ここにある薬草は冒険者ギルドでそれなりの金額で売れる。売れるということは必要とされているということだ。流通経路を明かしていないため、付きまとわれたこともある。ハロルドが群生地を独り占めしていると思われていたようだ。

小さい頃からあらゆる意味で狙われてきた身だ。隠れるのは得意だった。だから辛うじて栽培している薬草を隠してこられたし、それを回収できた。

普通の鞄《かばん》ではなく、異空間収納の方にそれらをしまう。そうでなくては鞄をひったくられる可能性もあった。

あまりに嫌がらせが酷《ひど》いので、ハロルドたちは予定を前倒しして村を出ることにした。冒険者ギルドで移住先への護衛依頼を受けてくれる冒険者がいたのは幸いだった。

「坊主も気の毒にな」

冒険者は珍しい魔物を求めて、数ヶ月村に滞在していた他所の人間だった。その経歴は冒険者協会で管理されているため信頼ができる、とギルドにいる真面目な方の受付の青年がすすめてくれた。

ギルドにはやたらとハロルドの相手をしたがる嘱託職員である年嵩《としかさ》の男がおり、その男は薬草にいちゃもんをつけて値段を下げたりする。そのため冒険者ギルドの正職員であるその青年がたままそこにいて、すぐに依頼を受けてくれたのは運が良かった。少しすれば親切な彼も転勤するらしい。ハロルドはこの村から彼が逃げられることを心の中で祝福した。

いつも真面目に薬草採取やら掃除やらの仕事を消化しているハロルドは冒険者ギルドでは良い子認定されていた。村の外から来た人間の方が多いギルド内ではハロルドは認められていた。それでも、ハロルドは彼の知らない間に不正をされていた。持ち込んだ薬草は適正な価格で買取されてはいなかった。

「まぁ、あの母親《ひと》のせいなので」

いつも穏やかで優しげな顔のハロルドが無の表情になっているのを見た冒険者は、引き攣《つ》ったような顔をした。

ハロルドが珍しく怒りを隠せないのは、村のことは元々好きではなかったが、追い出されたという事実に腹が立っていたせいもある。

何にせよ、転生前に望んだような楽な生活はこれっぽっちもできておらず、新天地では今度こそもっと気楽に暮らしたいという思いでいっぱいだった。


祖母が昔暮らしていた村に移住してきたハロルドたちは、思いの外、気が楽でむしろ困惑していた。確かに以前より田舎に来てしまって、魔物は出るし、商人が来る頻度はもっと少ない。それは、ある意味では不便かもしれない。だが少なくともこんなところにハロルドの両親は絶対に来ようだなんて思わないし、両親の訪問がないというだけで、人間関係が楽になるのでほっとしている。

ハロルドの持ってきた薬草類は、この村の冒険者ギルドでもとても歓迎された。

問題は急いで前の村を出てきたために、金銭に少しばかりの不安があることだろうか。

移住してきたハロルドたちはまだ畑を作れていない。作るにしても種を蒔《ま》いてすぐに作物が取れるわけではない。栽培していた薬草もそうだ。すぐに収穫量が安定するわけではない。

となれば、せめて肉類は自分たちで確保したかった。しかし、弓で狩りをしようにも、あまり得意ではないし、そもそも母親に捨てられてしまって練習すらできない。

ちまちま罠を仕掛けても、この地域に出没するのは前にいた村よりも大きめの魔物等が中心で、普通の動物はかなり少ない。罠にはかからないだろう。小さな魔物でも無策では逆に狩られるだけだ。

悩みながら解決法を見つけようと冒険者ギルド内にある冒険者用の資料室で狩りの方法を探る。文字を習わせてもらえてよかったと領主に少し感謝した。

資料の中に、魔法を使った狩りの仕方が載っていた。ハロルドの異空間収納も一応は魔法の一種である。

(これは使えるかもしれない、賭けてみるか)

今のままではどちらにせよ、問題は残ったままだ。それを打開できる可能性があるならば、魔法の習得は良い方法かもしれないと考えた。

まずは使えるかどうかを試してみてからでも遅くはないだろう、とハロルドは空き地へと足を運んだ。

「えーっと、確か……」

右手を出して意識を集中する。

そして、イメージをする。必要なのは魔力という薪、空気中の酸素、そして反応を起こすのに必要な熱。化学の教科書にも似た内容の資料に、書いてあった通りに反応させる。

「火よ」

一瞬、それなりの大きさの火が出て焦ったハロルドは慌ててそれを消した。そして周囲を見まわして、誰にも見られていないことに安心して一息吐いた。

それからもう一度、次は小さな火をイメージして魔法を使う。それが成功したため、余力があるかを考え、調子を確かめながら少しずつ試していった。前世で読んだライトノベルでは限界まで使って倒れることを繰り返して魔力アップ、というものもあったけれど、ハロルドの場合はそんなことをした場合、自分の身の安全が保証できない。彼は慎重だった。

日が暮れる頃には家で祖父母と晩御飯を作る。絶対にあの両親と同類だと思われたくないのもあって、祖父母の前では良い子の仮面を何重にも被《かぶ》っている。ちなみに祖父母にはバレバレだ。もう少し甘えてくれても、と思われていたりする。

ミィナは子どもを産んでも自分が一番だった。もしかしたら孫が放置されて死んでしまうかもしれない。二人はそんな恐怖を感じてハロルドを引き取った。ハロルドと過ごした時間はミィナよりよほど多い。だからこそ甘え下手に見える孫を心配する気持ちが大きかった。

二人が寝静まってから布団の中でハロルドは思案する。火は毛皮や羽根も焼いてしまう可能性がある。金銭的なことを考えれば狩りには向かない。ハロルドが目をつけたのは氷と風だった。明日からまた練習をしようと脳内で段取りをつけて、目を閉じた。

眠ればそこは、久しぶりのフローラルな空間だった。

辺り一面、花・花・花。

一瞬でそう思えるほどにファンタジーな空間だ。「晴《ハル》」といつものように名前を呼ばれた。振り返ればそこには、いつものようにフォルテがいる。今回はテーブルと椅子、お茶とお菓子が用意されている。ティーパーティーでもしたいのだろうか。

（夢だな）

「フォルテ様、こんばんは」

「こんばんは、ではない。私はこれでも創世の二大神の片割れだぞ。崇《あが》めよ、奉れ、平伏せよ」

「そう言われても……」

不服そうなフォルテに、ハロルドは苦笑を返す。信仰しようにも、現在は生活に余裕がないので捧《ささ》げものをするのも難しく、祈るにも作法なんて全くわからない。そもそも、フォルツァート教が主流なため、マイナーになってしまっている女神に祈りを捧げる場所すら近辺にはない。

「私はこれでもあの主神とか言われている、見る目もクソもない男より随分と親切なのに。それに私はあの愚神と違って召喚魔法なんぞ許さぬし、何なら後始末までしているというのに！　どうして信仰が少ない!?」

フォルテはそう嘆くけれど、この世界の住人は、だからこそ主神と言われている男神の方を信仰するのだろう。そこに思い至ってハロルドは苦い表情をした。人間という生き物は便利なものに流されることが多い。異世界人の召喚だって彼らにとっては自分たちの世界を守る手段に過ぎない。

助かるかもしれない手段を与えてくれた神を崇め、助けてくれるのは主神だと考えているのであればおかしな話ではない。実態を知らないが、フォルツァートにとって、異世界人や転生者はこの世界の住民が安全を確保するための駒なのだろうと考える。

ハロルド的には巻き込まれて死んだこともあってか、そんな神を信仰する気は起きない。主には豊穣《ほうじょう》を司《つかさど》っているらしい女神の方がまだ信仰してもいいかなという気持ちである。その権能もフォルツァートの方が強いのであまり影響力はないのだが。

フォルテが夢の中にハロルドを呼び出したのも、男神の余波でまた割を食っていたのを見かねて、ということらしい。何が余波なのかわからず首を傾げるが、最悪の事態にはならないようにと加護をつけにきたというのでそこはありがたく受け取ることにした。やはり手厚い。好感度が上がった。

「それにしても、男神の巻き込み事故って結構多そうですね」

「多いわ。だって、アレは何も考えていないのだもの。悪意があるというのであればまだ理解もできるけれど、その時の気分なんかで沙汰を決めたりするの。アレに妻たちがいなければもっと酷い惨事になっていたでしょうね。被害が出たとして、欲深く救えなさそうな人間は輪廻《りんね》に戻らないまま消え去ればいいけれど、まともな人間をそのままというのも気が咎《とが》めるでしょう?」

女神的には才能があろうが何だろうが、迷惑になりそうな者は要らないようだ。自分は毒にも薬にもならなそうだったからあんなに強引に連れ込まれたのだろうか。そう思うくらいには女神は愚痴だらけだった。

「いい？　時間ができたら、私、女神フォルテのことをもっとちゃんと信仰するのよ!!」

多くの人が信仰すればするほど、フォルテの力が強まるため、最悪の状況から遠のくのだと言う。

ハロルドは神妙に頷《うなず》いた。これ以上、何かに巻き込まれるなんて洒落《しゃれ》にならない。10歳にして修羅場を見てきた彼は少しくらい、神にも縋《すが》りたい気持ちになっていた。


魔物が多い地域であるからこそ、助け合いは欠かせない。

隣で笑うアーロンという少年は、ハロルドがこの地で狩りを行う上での相棒であり気の置けない友人だ。父親は魔物との戦いで亡くなっており、母親・弟・妹の四人家族である。ハロルドと初めて出会った時にしみじみと「攫《さら》われねぇように気ぃつけろよ」と肩を叩《たた》いてきた人物でもある。この辺りでは少ないが、人売り、奴隷商などに目をつけられたことのあるハロルドは死んだ魚のような目で「わかってる」と棒読みで返した。

そんな彼らが組むことになったのは冒険者ギルドでの再会がきっかけだ。

薬草とボアと呼ばれる猪《いのしし》型の魔物を納品していたハロルドと、ブラックイーグルというこの辺り限定の漆黒の鷲《わし》型の魔物を仕留めてきたアーロン。二人はそこで査定待ちの間、話をしていた。アーロンが絡みに行ったともいう。村にはハロルドが移住してくるまで同年代の同性が存在していなかったため、彼にとって同性の友人（候補）は貴重な存在だった。

魔法を使って仕留めていると言うハロルドに、一緒に組んで食料を確保しよう、なんて持ちかけたのもアーロンの方である。ハロルドが真面目なのは日々の生活を見ていればわかることだし、アーロンの弟が薬草の見分け方などを問い掛ければ優しく教えてくれた。そういう場面も見ていたのでアーロンはハロルドが存外世話焼きなのでは、と思った。押せばいけるだろうとガンガンいった。

結果的にハロルドは「まぁ、二人の方が安全か」という判断で頷いた。

「それにしても処理の仕方上手《うま》いな」
「処理だけ、だけどな。料理は君の方が上手いだろ」
「母ちゃん直伝だからな！」

にっと笑う相棒にハロルドの表情が綻んだ。

この少年二人組は割と食に貪欲だった。それはハロルドが加工して作った調味料などの存在も理由かもしれない。

異世界の田舎には調味料が少なかった。塩なども商人が来てくれなくては手に入らない。砂糖や胡椒《こしょう》などだって運が良くなくては手に入らないものだった。そもそも気軽にたくさん買えるような値段ではない。

そのはずだったが。

「まさか年中そこらに生えてる白い花を煮詰めると砂糖擬《もど》きになるなんてさ、普通思わねぇよな」

「どう頑張っても食べられたものじゃない木の実を加工すれば胡椒擬きになったのもよかったよね」

「あとは塩っぽいもん見つけたいよな」

この村では、植えている作物は盗まれないし、物物交換もしてもらえる。薬草を植えても荒らされない。作業の邪魔をされない。

自分たちの食い扶持《くぶち》を奪われる心配がない、というのはハロルドが思うよりも心に余裕を与えていた。

それだけで行動範囲は著しく広がった。探検ができる状況になった結果、鑑定の魔眼が活《い》きることになった。通常の砂糖やその他調味料の方が質はいいに決まっている。けれど、ある程度値の張るそれを満足がいくように使用することは難しかった。そこで、魔眼を利用して調味料の代わりを探し、自作することにした。

魔眼が使えるだけで生活の質が上がっていた。

処理を終えると、骸《むくろ》を狙ってスカークロウと呼ばれる砂色のカラス型の魔物が来る。嘴《くちばし》が発達していて、骨でさえ砕いて細かくして食べる。その生息地では死体の骨すら残ることはないという。

空飛ぶそれにアーロンが弓を引く。自由に空を駆ける己が、そんなものに当たるはずがないとでも嘲笑《あざわら》うようにスカークロウは旋回した。

「うっぜ」

「動き、止めた方が良い？」

「だいじょーぶ。当たるから」

アーロンの言葉を聞いて、頷いたハロルドはそのまま獲物を持ち帰る準備をしていた。まるまると太った鴨《かも》のような鳥と自分と同じくらいの大きさのボアを担いで歩き出す。スカークロウがそれに向かおうとした瞬間だった。

――矢はまっすぐに首に突き刺さり、落ちてそのまま命尽きた。

「美味《うま》くはないんだよな、コイツ」

射貫《いぬ》いたスカークロウを持ち上げ、少しだけ不満げに唇を尖《とが》らせたアーロンだったが、すぐにハロルドに自分も獲物を持つと声をかけた。

「山下りてからでいいよ。コイツらしつこいからまだ狙ってくるかもしれないし」

「そうだな」

獲物を持って逃げられたこともあるのか、苦々しげに頷いた。そして、アーロンは軽々と獲物を担ぐハロルドを見て羨望の息を吐いた。

（この細身でこれだけ重いモン担げるの、羨ましすぎだろ～！　俺の方が体格は良いのにさ）

それでもって顔は貴族のように美しいのだ。危ういが少し羨ましい。

村が近くなるまでに数匹のスカークロウを撃ち落として、彼らは獲物を二人で持ち直して冒険者

ギルドへと向かった。

「お前、よくあんなん軽々持てるよな」

　査定と解体待ちの間、アーロンがそんなことを言うと、ハロルドは「筋力強化の魔法を使っているだけだよ」と言って彼を資料室へと連れて行った。書いてあった資料を手に取ると、ページを捲《めく》って、提示する。魔法と筋力が結びついていなかったアーロンは少し驚いた。

「多分、君なら割とすぐにできるようになると思うけど」

「え。ホントに？　じゃあ、俺もできるようになりたい。教えてくれるか？」

「いいよ」

　人間の鑑定は気が咎めるので行っていないハロルドだったが、アーロンが弓を引く時に魔力を感じていた。そのため、なんとなく言った言葉だった。

　それが当たっていたことを知るのは三日後の話であったりする。


　ハロルドにも、アーロンにも、狩り以外の仕事があるし、それ以外にもやらなければいけないことがある。それもあって、二人が次に集まったのは三日後のことだった。

　そして、ハロルドはすんなり属性魔法やら肉体強化魔法を覚えてしまったアーロンに唖然《あぜん》としてしまった。

ハロルドは自力で貸し出し禁止の資料を覚え、時にはギルド職員にわからない文字や言葉を教えてもらいながら、一生懸命考えて習得した。それを教えたそばから「なんとなく」でさらっとやってしまったアーロンを少し羨ましくも思う。とはいえ、属性魔法には得手不得手があるようだが。

（才能って、怖……）

文字を教えてもらえる時期に父親が亡くなって、バタバタしていたらしく、あまり読み書きが上手くなかったアーロンは、これを機にハロルドと一緒に文字の勉強もやり出した。

10歳の少年二人があまり時間は取れないとはいえ、ギルド内の勉強室で一生懸命勉強していれば味方したくもなるのか、わからないことを聞きに行けば職員らは快く教えてくれた。

冒険者協会から派遣されているギルド職員は王都で学問を修めている。数年置きに配置換えがあるのは癒着を防ぐ意味合いがある。何代か前の王の統治時にそういうことがあったためこのシステムになった。完全にはなくならないのも世の常ではあるが。

「勉強するのは良いことだよ。数十年前の話なんか関係ない、自分たちだけは騙されない、と思っている人も多いから」

ギルド職員の受付のお兄さんは少し遠くを見るような目でそう告げた。

最近また増えたという行方不明者に被害者家族からの捜索依頼が出ているらしい。まだ子どもの二人に任される任務ではないけれど、こういった子どもたちを食い物にする者たちもいるから、と彼は勤勉な子どもたちが被害に遭わないように話す。

「出稼ぎに行った人がボラれてあんまり金もらえねぇ、とかもザラだしな」

「文字の読み書きができないと足下見られるからね」

子どもがするような会話ではないかもしれないけれど、この世界に生きていれば頻繁に眼《め》にする、もしくはその当事者になる。

こういうことがある、と忠告してくれる人間の存在は貴重だ。


にこにこと目の前の少年二人を見るギルド職員の青年は、彼らを背後から襲撃しようとする男三人に雷撃を落とした。そういった感覚に敏感なのは光の加減次第では金色にも見える小麦色の髪の少年の方だった。振り向くが、すでに男たちは回収されており、そこには何もない。不思議そうに首を傾げている。

ギルド内での犯罪行為など舐《な》めた真似《まね》をする、と内心では唾を吐いて舌打ちしても、表情には全くそれを出さないあたりが彼の貴族育ちの一面を感じさせる。

都会や栄えている地方都市の職員は半数かそれ以上に女性もいるけれど、こういった寂れた土地の職員は8割以上が男性で占められている。優秀さなどで振り分けられているわけではない。ただ、性別で文句をつける者によって業務が妨害されることを抑えるためだ。

大きい都市にはそれなりのランクの冒険者から職員になった者もいるし規模が大きいため窓口が多く、ある程度融通が利く。しかし、田舎になればなるほど施設は小さくなり、それに伴って窓口も小さくなる。

（困るんだよなぁ、将来がある程度期待できる子たちに手を出されるのって）

青年が目をかけていたのはハロルドの方だ。平民の少年が魔法の発生機序を理解し、友人に説明して習得させるに至った。

確かにアーロンの吸収力の高さにも舌を巻く。けれど、その才覚を見出《みいだ》す感性と実際に教えることができるまで理解した彼に、光るものを感じていた。

冒険者に登録する人間は多い。冒険心に突き動かされて始める者もいれば、生活に困った時に小遣い稼ぎ程度でも金が欲しいとやって来る者もいる。そこから身を持ち直す者もいれば、這《は》い上がれない者もいる。

いつも忠告を聞き入れて慎重に進んでくれる少年たちへの好感度は高い。

「アーロンくん、ハロルドくん。査定終わったよ。食用部分は持ち帰りだったね」

「はい！　ありがとうございます！」

パァッと表情を明るくして元気よく返事をしたアーロンは、勉強に少し飽きていたのかもしれない。

それに加えて、彼の家にはお肉大好きな弟妹がいる。以前までは狩りを一人でやっていたので、スカークロウに獲物を奪われることもあったし、もっと大きい魔物との遭遇で持ち帰れず、逃げることもあった。なので、きっちり食事を食べさせることができている現状は嬉しいと感じている。

ハロルドとも気が合うし、今まで余裕がなく触れてこなかったことに手が出せたことも幸運であると思えた。

ハロルドは同じく返事をしながら軽く礼をする。アーロンに「行こうぜ」と声をかけられて、「あとこの部分だけ」と返しながら資料に目を通す。「彼は勉学自体に興味があるのかもしれない」と青年はその勤勉さに感心しながら頷いた。

勉学自体に興味がある、というよりも、今のハロルドは少しでも安全にこの世界で生きていくために知識を欲している。『何が』かはわかっていないが、主神とやらのやらかしの割を食っているらしいのでその影響を少なくするためにも、つけられる力はつけておきたかった。

(女神様の礼拝方法も一応調べたけど、この辺りに教会とか神殿ってないしな。……日本でいう神棚は組み立てたことあるけど)

片隅でそんなことを考えながら目を通して、それを閉じた。

そして、やっと片付け終わったハロルドの部屋に、神殿代わりにめちゃくちゃ日本式の神棚が爆誕することになる。

「神を祀《まつ》るって機能は一緒だし、フォルテ様もそんなに細かいことは気にしないだろ」

結論として、フォルテが元々ハロルドを気にかけているからこそ、「晴の手作り!」と喜んで受け入れられた。定期的にハロルドからの祈りも届くようになったのでご機嫌である。

「最近、寒くなってきたな」

吐く息が白く、手をこすり合わせる。冷たい空気に、体が震えた。

(少し薄着だったかもしれないな)

早く野菜の収穫を終えて家の中に戻ろう、と大根を引っこ抜いた。この世界の野菜には異世界らしい不思議なものもあるけれど、基本的には前世にもあったようなものが多い。わけのわからない食材ばかりでなくてよかったと心の底から思っている。

アーロンと一緒に動き出してからそれなりに狩りが捗《はかど》っているからか、食料は確保できている。

結果的に前の村を早く出たのは、良い方向に向かっているかもしれない。そんなふうに思いながら、やっと実をつけ始めた大根の葉やキャベツを啄《ついば》みに来る魔物の鳥を氷の礫《つぶて》で撃ち落として摑《つか》み上げる。いやに多いそれに、ハロルドはそっと嘆息を漏らす。

できて始めた野菜をお裾分けしたアーロンの母の言葉によってようやく知ることになったのだが、ハロルドの育てた野菜は他のものより美味《おい》しいらしい。

少し大ぶりな気はしていたけれど、そう言われるほどに差があるのだろうかと疑問に思う。

(なんか実際、ばあちゃんのスペースの野菜はそこまで狙われないんだよな)

ハロルドの育てたものをしつこく、執念深く狙ってくるヤツらを敵視しないというのは難しかった。ハロルドにとって忌ま忌ましい鳥たちだが、これはこれで食べられるものなので気分を落ち着ける。これで食べても不味《まず》いだけの魔物であればハロルドはもっと怒り狂っていただろう。

ハロルドは気づいていないけれど、ジョブスキル・魔眼・異空間収納以外に女神から与えられていないスキルも持っていたりする。それが作物やら薬草に影響を与えていた。彼が育てた薬草は通常のものより買取価格が高い。そのことに気がついていないハロルドに対して、ギルド職員は「多分、植物関連のスキル持ちだよな」と思っている。

ハロルドは別に自分のスキルに大きな興味を持っていない。自分を鑑定したりもしないので、そのスキルに気がついていなかった。

「ハルー!!」

遂《つい》にハロルドを愛称で呼び出したアーロンの声が聞こえて我に返る。アーロンはハロルドが手に持っている鳥を見ながら瞳をキラキラさせていた。

「それ、ブラウンクックじゃねぇか!　うわぁ、まるまる太ってる!!　美味そう」

「俺のキャベツを、たらふく食べていたみたいだからな」

ハロルドの視線の先にあるキャベツを見て、ワクワクしていたアーロンはその口を閉じた。一角がえらい食い散らされていた。流石《さすが》に残った部分には細い縄をネット状にしたものを被せているが、酷い有様だ。友人の金色の目は冷え冷えとしている。

「まぁ、美味いモン育てたと思っとこうぜ。羽根も売れるし」

「味を占めたヤツらが厄介だから複雑だ……」

アーロンの言葉にそう返して、それを冒険者ギルドに持っていくために台車に載せた。

「薪とかはもう用意したか？」

「うん。それなりにはね。一応多めには集めたんだけど、こっちがどれくらい寒くなるのか想像つかないしな……」

「後でおまえんとこのばあちゃんが確認するだろ。雪が降ると干し肉とかしかなくなるのが嫌だよな」

唇を尖らせるアーロンだけれど、茶色いクックの中に稀《まれ》な白いクックを見つけたハロルドは若干嫌な予感を感じている。アレはハロルドが一部の野菜を倉庫内に持ち込むのをじっと見つめていた。

流石に考えすぎかとは思うけれど、魔物は稀に考えもつかないことをしでかすので少し不安だ。

人ではなく、ハロルドの野菜をしつこく狙ってくるとはいえ間違いなく魔物であるクックは冒険者ギルドに引き渡し、解体を待っていた。

「肉持って帰る？」

「いいのか!?」

「うちはじいちゃんも、ばあちゃんも、肉はそこまで食べないからな。アーロン家《ち》の弟妹は結構食べるんだろ？」

「うちはある時に食わないとしばらく食べられない時もあるから戦争」

毎回あれば良いけれど、収穫がない時だってある。育ち盛りの体は肉を必要としているのかアーロンの家とハロルドの家ではその消費量の差が桁違いだ。ハロルドもそれなりに食べるけれど、人数の差が大きいのかもしれない。

ちなみに、ハロルドのお裾分けはアーロンの母が料理して返ってくることが多い。他所のご家庭の味は、自分の家と味付けなどが違ってそれはそれで美味しいのである。特にアーロンの母は料理上手だった。

ハロルドの母親は料理がからっきしダメだったので初めの時は妙な感動もあったものだ。彼は祖母のご飯で育っていた。祖母のご飯も美味しい。けれど若者向けの料理が出てくるのはアーロンの家だった。

解体が終わって、羽根は売れるので買い取ってもらう。クック類の羽根は通常のブラウンやブラックのものはそこまで高くはない。羽根よりもむしろ食用肉としての需要が高い。なので、本当は肉を売った方が金になったりする。

しかし、ハロルドの異空間収納内では時間経過がないので中に入れておけばそれだけで長期の保存が可能だ。時季も時季なので、食料はいくらあってもいい。備えあれば憂いなし、と食料をある程度溜《た》め込んでいた。

初めての土地での越冬は苦労するかと思いきや、今までより断然楽だった。少なくともハロルドたち一家は。

邪魔をしてくる親や、ともすれば薪を強奪していく幼馴染（年上の方）もいないので冬支度もいつもより楽だった。邪魔者がいないというのは素晴らしい。

（そういえば母さん《あのひと》、生きてるかな）

どうしようもない親だとは思うけれど、死んでほしいとは思えない。そこは前世から引き継いでいる記憶と価値観のせいなのかもしれない。苦虫を噛《か》み潰したような顔になった。

しかし、もし母親を見捨てることになったとしても、あのような場所で生きるくらいであれば逃げ出した方がマシだった。いくら精神年齢の高いハロルドでもいつ自分に危害を加えられるかわからない場所で常に警戒しながら過ごすのは嫌だったし、祖父母が何を言われてきたか知っている。祖父母はあの母親を叱り、窘《たしな》めてきた。無視したのは彼女だ。

それを知っているハロルドとしては、これ以上二人が傷つかないように、自分は真面目な働き者であることを示していかなければならないと感じている。

それに結果として、ハロルドを捨てて行ったのは彼女の方だ。恨まれるのも筋違いというものだろう。

鉢植えに入れ替えて部屋の中に入れた薬草に水をやっていると、扉を叩く音が聞こえた。次いで、「ハル、いるか!?」と叫ぶように言うアーロンの声が聞こえた。雪が容赦なく吹き付ける外の音を聞きながら何事だろうか、と眉を顰《ひそ》める。

部屋から出ると、祖父のユージンがすでに扉を開けていたようで真っ青な顔の友人が近づいてきた。その頭には家が近くにあるはずなのに雪が積もっている。

「熱冷ましの薬草はないか!?　妹の熱が下がらないんだ!!」

慌てた様子の友人の肩を摑んで「落ち着いて」と声をかける。ハロルドの声に冷静になったのか少し大人しくなる。

「とりあえず、君の家に行こう」

薬師もこの雪では来ることができないだろう。何が原因かがわからなければ安易に薬草も渡せない。それを理由に症状が悪化しては目も当てられない。ハロルドはせっかくできた友人と険悪になりたくなかった。

ハロルド自身も女神からジョブスキルを渡されているとはいえ素人だ。勝手に薬草を渡したりするのは褒められたことではない。内心ではそう考えているが、ド田舎で医師がいない状況では選択肢が少ないので仕方ない。

幸いと言っていいのか、ハロルドには女神フォルテから与えられた鑑定眼があった。それはおそらくチートというに相応《ふさわ》しいスペックであり、与えられたジョブスキルの錬金術師と相俟《あいま》って薬剤の調合も不可能ではない。

ともかく、状態を見なければ判別がつかないと同行を申し出た。

祖父母は渋ったけれど、人の命がかかっているし現状ではどの薬草が必要かの判別がつくのは自分の目だけであると思ったハロルドは押し切った。アーロンの家が窓から見える程度には近くて助かった。

ストック分の薬草も合わせて抱え込み、吹雪の中を突っ切ってアーロンの家に向かう。

個人情報云々《うんぬん》などを考えて鑑定せずにいると大変な事態になる、と彼の勘が告げていたので出会い頭にサクッと魔眼で調べる。

（肺炎だな）

風邪を拗《こじ》らせてそうなった、と発動した魔眼に出ている。急激に悪化したらしい。「元々、妹はあんま身体《からだ》が強い方じゃねぇんだ」とアーロンは言っていた。

ハロルドは火の前に陣取ると、薬の準備を始める。乳鉢でゴリゴリと擂《す》った薬草の匂いが部屋に充満した。この村には常駐の薬師はいない。田舎の悪いところだ。

薬を作るハロルドの目の前には、自分にしか見えない液晶画面のようなものがあった。そこに細かなレシピが掲示されている。工程ごとに光る仕様は女神の親切かもしれない。

それに従って薬を作っていると、アーロンは、後ろで心配そうにソワソワとしている。鍋に入れて火にかけてぐつぐつと煮詰める頃、アーロンが「大丈夫なのか？」と何度目かの質問をしてきた。

「大丈夫かどうかは彼女の体力次第だな」

薬を見ながら苦そうだ、と思いつつ瓶につめて適量のカップを探す。全てフォルテに与えられたスキル頼りだ。神が与えてくる情報なのだから、それは医師の判断と変わらないだろうと自分に言い訳する。

（それにしても、神棚作ってお供物とか置くようになってからあからさまにスキルが強くなった気がするな）

攻撃関連のスキルを所持しているわけではないが、魔眼の精度の上がり方に、迂闊《うかつ》に使えないなと考える。今回はジョブスキルとかいうものにも、魔眼にも、大変お世話になっているので文句などはない。ただ破格のそれが変な人間に利用されないようにしないと、とは思うけれど。

「この薬を毎食後、印をつけたこのラインまで注いで飲ませること。症状が軽快しても薬がなくなるまでは飲ませて」

「お、おう……。詳しいんだな」

「いや、女神の加護」

アーロンと二人であるからか、さらりと言う。アーロンはその言葉に目をまんまるにした。「絶対秘密にしろよ」、と付け足せば壊れた人形のように頷く。

神様の加護を持つ人間は少ないが存在する。そして、そういった人間は教会や権力者にも狙われがちだった。

なので、アーロンはハロルドに言われる前に墓まで秘密を持っていくことを決めた。

「でも治ったあかつきにはうちのフォルテ様を信仰してくれ」

「絶対する」

少年たちは火の前で指切りをして笑いあった。薬を頑張って飲んだ後の彼の妹は、弟と共にすやすやと眠っていた。

アーロンの母親は朝方に帰ってきた。どうやら風邪気味の娘に煎じて飲ませるための薬草を摘んでいたら、吹雪で帰れなくなったらしい。冒険者にギルドで泊まるように説得されて帰れなかったそうだ。

呼吸の落ち着いた娘の様子に、ほっとしたような顔をしたアーロンの母にペコペコと頭を下げられてハロルドは困惑した。アーロンの弟妹は、引き続き部屋ですぴすぴと眠っていた。

更にその翌日、家で眠っているハロルドに女神が突撃してきて「信仰を増やすのは良いことよ!!」とウキウキしながら言ってきた。機嫌よさそうなフォルテは少女のように愛らしく微笑んでいた。

症状が軽快したアーロンの妹は案の定薬を嫌がったが、アーロンは笑顔で全部飲ませきった。その結果、完治した妹は元気になったと満足そうに彼は頷いた。

友人に女神を信仰してほしいと言われたアーロンは、悩むような素振りをする。ハロルドのように祭壇は必要なのだろうか、と思ったがあの神棚を作るような器用さはないので諦めた。

(親父《おやじ》曰《いわ》く、神って結構祟《たた》るらしいし変なもの作るのもな)

王都では何年かに一度、勇者や聖女が現れる。彼らはその身に主神であるフォルツァートの加護を受けている。そして、彼らから敵視されるとそれだけで不幸が襲ってくるというのだから理不尽である。

逆をいえば、好かれればそれだけ運が良くなるというが……。

そんな事象が起きれば聖なるジョブスキルを持っていても権力者に囲われ、その人間性がわがままに、傲慢に変わっていくのは仕方のない話である。


アーロンの父は王都の学園に通わされていた時期があった。その時には賢者というジョブスキルを与えられた男が召喚された。その男もフォルツァートの加護を得ていた。

最初は大人しかった男は、自分の実力と神の加護を知った瞬間、横暴になった。

そんな話を聞いているアーロンは加護をそこまで良いものか、と問われると首を傾げることしかできない。けれど、ハロルドは特に慢心した様子もなかった。それから考えるに、女神フォルテの方が主神と言われる男神よりも尊敬できる存在なのではないかと思えた。加護のことは秘密にしてほしいと言う友人の秘密を売るほど人でなしのつもりはない。

そんな彼にもジョブスキルが与えられたのは女神の采配によるものだった。

姿形は見えずとも、夢で「私の晴《ハル》をよろしくね」などと言っていた。

「夢だけど、夢じゃなかった……」

夢で渡されたグリーンの石がはまった銀の腕輪が、いつの間にか装着されていた。魔力を込めると弓の形になるし、意識した属性の矢を放てる。魔力をガンガン消費するのが難点だろうか。

冬の終わりに、ハロルドに相談すると「あんまり人前では出さない方がいいかもね」と言われた。

襲われ、奪われることを危惧した二人はそっと頷き合った。

「なんかさ、主神のやらかしの巻き添え食いやすくなるから大人しくしといた方がいい気がするんだ」

真顔の友人に、「それ主神じゃなくて邪神じゃね？」なんて軽口は叩けなかった。

当のハロルドは「こうやってスキルって与えられるのか」とちょっと感心していた。


その後も友人二人は周囲の大人を頼りつつ、詐欺などに遭わないように勉強や生きるための狩りと家庭菜園をやっていたところ、それが仇《あだ》となってある招待状が届くことになる。

それは、12歳になる年のことだった。

冒険者ギルド内では「あの二人、隠してるからどんなものかはわからないけど、スキル持ってそうだよな」という話になっていた。ジワジワ二人の勉強のレベルアップを図っていた受付のお兄さんは国の規定通りにそんな二人を王都の本部への報告に上げていた。

その結果、『王都に来てちゃんと魔法等の勉強をしなさい』という招待状が冒険者ギルドを通して送られてきた。

「え、どうしても？」

心底嫌そうな顔をするハロルドと「家のことがあるしな……」と考え込むアーロン。

なお、ハロルドが行きたくない理由は幼馴染（好色）がいるのがわかっているからだ。

「どうしても、だよ。だって、君たち多分スキル持ちでしょ？　そうでなくても、ある程度魔法が使える子は危険性とか管理の問題から、どうしても王都で勉強してもらわないといけないんだ。今なら勇者様とお近づきになれるかもよ」

「いや、別に会いたくないんですけど」

真面目にコツコツやってきた結果が王都行きというのは、普通は喜ぶところだが、二人はすごく嫌な顔になっている。

「でも国家政策だから交通費とか学園での勉強にかかる費用は国が負担してくれるし、かかるのは食費とか嗜好品《しこうひん》に関する費用だけ。食費も出せない・稼げない子にも能力に応じて助成制度もある。向こうにもギルドはあるから、君たちみたいに真面目な子ならそこまで困るほどの負担ではないよ。それで学問を修められるのであれば破格ではないかな」

家に帰って相談するものの、両家とも「法律で決まっているし」という反応だった。

心の底から疫病神《ロナルド》に会いたくなかったハロルドは嫌そうな顔をしていたが、国に逆らってまで反抗することではないかと思い直す。

（心底、嫌な予感しかしない）

生活のための頑張りが逆効果になったハロルドはやはり不運なのかもしれなかった。

二章

ハロルドとアーロンは本人たちがどう思おうとエーデルシュタイン王国の民であるので法律には従わないといけない。そのため渋々、進学を決めた。

ギルドでの説明通り、交通費を含む学園の諸費用は国の負担となっていた。それでも片道約二週間もかかる場所に行きたいとはあまり思えないが。

王国立の学園へと入る平民は二人だけではない。馬車の中で変わっていく街並みに、同乗した生徒たちがはしゃぐ様子も見られたが、ハロルド自身は都会的な街並みになるにつれ無表情へと変わっていく。王都に着く頃には絶望感溢《あふ》れる空気を纏《まと》っていた。

(都会に来たら流石《さすが》にもう少し埋没するかと思ったのに、普通に目立つな)

彼は自分の顔の良さを舐《な》めていた。そして、突きつけられた現実に頭を抱えたい気持ちでいっぱいだった。『幼い時に攫《さら》われた貴族の子息だ』と言っても信じられそうなくらいハロルドの顔は整っていた。中身がアレでも顔の造形が整っていた両親の遺伝子が、奇跡的に良い仕事をして優美でどこか儚《はかな》げな顔をしている。

どうしてか長時間外にいても日焼けなどもしないし、服が古着でなければとてもド田舎に住む平民の子どもには見られなかっただろう。

それが女神の好みが反映された、その寵愛《ちょうあい》による産物だとは当の女神以外に気づく者はいない。学園に通う者は全員、制服を支給される。採寸で着替えさせられたハロルドは余計にキラキラしていた。アーロンが絶句するレベルだった。

不機嫌そうに立っているだけなのに、なぜか周囲には「困っている儚げで美しい少年」に映る。アーロンはハロルドと仲が良いのであからさまに不機嫌だと察していたけれど、男女年齢問わず口説こうとする者たちがいるのを見て、可哀想《かわいそう》な子を見る視線を送っていた。

「俺、ここでの生活危ない気がしてる」

警戒するようにそう口に出したハロルドの言葉をどう否定すればよかったのだろうか。少なくともアーロンは「俺もそう思う」としか返せなかった。

「俺、お前の綺麗《きれい》な顔のこと、モテて羨ましいなって思ってたけど考えを改めるわ」

見慣れているアーロンは何も感じないけれど、目立つのが避けて通れないことを嘆く友人が不憫《ふびん》でならなかった。ハロルドはどちらかというと目立つことや騒がしいところが苦手なタイプだった。

採寸を終えた後、寮に案内されて、そこに荷物を置く。二人が同郷なのもあって同室にしてもらえた。二段ベッドと二つの机、設置された棚は自由に使ってもよいと説明を受ける。

実家の場所によっては採寸が終わり次第一旦家に帰ることができるが、二人の住む村は馬車で片道約二週間のド田舎である。戻ると入学式に間に合わないので帰ることができない。

他にもそういった生徒はいるようで、新学年を迎えようとしている学生の一部ももう寮に戻ってきている様子だった。

住居も学費も制服代も勉強道具一式も、おおよそ用意してもらえるけれど、学園に滞在中の食事代は稼がなくてはいけない。あとは休日用の私服や冒険者活動で使う物品はどうしても自己負担になる。

自由になるお金がなくては何かあった時に対応が困難だ。早めに冒険者ギルドを確認しておく方がいい。それなりに苦労している二人はそのあたりの考え方が似ていた。

王都の冒険者ギルドは、村にあるものと違って窓口が複数あった。

歩いている冒険者たちの装備も様々で、小遣い稼ぎをしているような小さな子どもから、ガッツリ鎧《よろい》を着込んだおそらくは上位ランクの者までいる。

窓口で「平民だけど国の規定で王国立の学校に通うことになった」、「しばらくこちらで冒険者活動をしたい」と伝えて登録をしてもらう。あらかじめ申請をしておいた方が、トラブルに遭った時などに間に入ってもらいやすいという地元のギルド職員のアドバイスに従った形になる。

慣れたように登録をしてくれる受付のお姉さんは施設についてのパンフレットなどを渡してくれた。「頑張ってね」という笑顔に二人で返事をすると微笑《ほほえ》ましげな目で見られるのは子どもだからだろう。

――そんな時だった。

「ハァ!?　あの魔物の素材がこの程度の値段のわけねぇだろ!!」

大声が聞こえてそちらに視線が向く。

嫌なものを見た、と該当人物を確認したハロルドはすぐにアーロンの腕を引いた。

「あれにはなるべく近づくなよ」

「まぁ、あんな態度悪いやつとか声かける気もしないけど……」

その人物はロナルド。

ハロルドの中では、これから先の人生でも関わりたくない人間の筆頭だった。

その日はロナルドを見てすぐに帰ることにしたけれど、翌日には彼がいないことを確認してから再度訪問した。

「ああ、あの人は滅多に来ないから、そこまで気にすることはないわよ」

依頼を受けに行った窓口のお姉さんがそう言って苦笑した。

彼女曰《いわ》く、ロナルドは数十年ぶりに現れた〝勇者〟のジョブスキルを持つ人間らしい。

ハロルドからすれば「あれが勇者とか終わってんな」と地面に唾でも吐き捨ててやりたい心境だけれど、表情には出さなかった。というか、出さないように心底努力した。

ロナルドはそのジョブスキルから姓も賜っている。ハロルドたちの2歳上なのでまだ14歳のはずだが、その年齢で異性を侍《はべ》らせてもいるらしい。

冒険者ギルドでの横柄な態度はいつものことで、自分は勇者だから何をやってもいいとでもいうような思考で行動している。

「国も勇者を他国に出すわけにはいかないからある程度の優遇を認めているけれど、流石に昨日は態度がひどくって。相談の結果、窓口を国の魔学部だけにしてもらうことになったの」

昨日のアレはハロルドたちが帰ってから殊の外、大きな騒ぎになったらしい。困った顔の彼女に

「そうですか。ありがとうございます」と微笑むと後ろで大きな音がした。

「あああああああ!?　取っ手が取れた!?」

ドアの取っ手を持った少年が青い顔でゆっくりと後ろを向いた。そこには立派な筋肉のギルド職員が立っており、少年の肩を叩《たた》いた。

「弁償」

だろうな、と周囲も頷《うなず》いた。どれだけの力を込めればポキッとドアの取っ手が取れるのだろうか。

「そんなぁ……」

愕然《がくぜん》としているが、壊したものは直すのが常識である。

しょぼしょぼと連れられていくその少年は、ハロルドたちと同い年くらいだろうか。平民にしては仕立ての良い服を着ている。多少裕福な家の子息に見えるが、貴族であっても多くの場合、次男

以下は自身で身を立てるか婿入りをすることになる。そういった家庭の事情なのかもしれないと、深くは考えないことにした。

王都まで来れば魔物の分布も変わる。

ダンジョンもあるのだと教えてもらったけれど、二人はガツガツ稼ぎたいというよりは「安全に少しばかり貯蓄できて、学園生活に困らない程度の金が欲しい」というペアだった。王都近郊のダンジョンのランクはそう高いものではないが、入るにしても下調べがある程度終わってからでないと入る気はしない。

ハロルドとアーロンの家族は二人を心配している。家族を悲しませる気のない二人は石橋を叩いて慎重に渡るという方向で合意していた。

「手堅くボア系か？」

「そうだね。もう少し実際の場所とかこの辺りの魔物を見てみないと自分のレベルと合ってるかわからないし」

そんな二人を見ながら、ギルド職員の何名かは安心していた。なにしろ、二年ほど前に来た現・勇者様は自分の実力に見合わない魔物のいる土地へと乗り込んで大混乱を起こした前科がある。そうでなくても、田舎からやってきた若者は学園に入ることができたのは自分が優秀であると、認められたからだ。そう天狗《てんぐ》になっている者が少なくない。

この時季になるとそういった意味合いで〝やらかし〟が増えるためピリピリしている。その中でのこの慎重さは歓迎すべきものだった。

二人は相談して採取とボアの討伐任務を受注して去っていった。

そしてその後すぐに「田舎から来たらしい子がCランク相当の魔物に追いかけられてる!!」と冒険者の一人が飛び込みで入ってきた。毎年のことだ、と待機していた職員と冒険者数名が走り出した。

真《ま》っ直《す》ぐに突撃してくる大きなボアの足元が揺らぎ、足を取られたその眉間に矢が刺さった。微《かす》かに聞こえたのは、絶命の瞬間の悲鳴。

アーロンはボアを荷車に載せたハロルドに「村のボアのがデカいな」と言うと、ハロルドもまた頷いた。

「こちらの方が冒険者が多い分、定期的に狩られてるだろうしね。……向こうとは土が違うから少し土魔法の行使の感覚が違う。慣れた方がいいかもな」

土の中に含まれる魔力が彼らの住む村の方が大きかった。それは、あまり人の手が入っていないために土中の魔力が消費されていないというだけの話ではあるが、感覚が変わればタイミングなどにも影響は出てくる。それらを懸念した意見にアーロンも「そうだな」と言って次の矢を番《つが》えた。

瞬間、ものすごい勢いで走る茶色の塊が見えた。二足歩行である。

アーロンが矢を放つと、それを踏み越えて、さらに踏みつけてこようとしていたところをハロルドが首を蹴り付けた。

転がるダチョウ擬《もど》きの魔物の首が折れたようで数度痙攣《けいれん》すると、動きは止まった。

「助かった」

「間に合ってよかったよ」

鑑定したハロルドは「アシハヤドリとか、名前考えたの日本人だろ」とか思いながら追加で荷車に投げ込んだ。採取の欄にあったシオミダケも確保している。

「シオミダケ余分に取ってたけどなんで？」

「少し実験したいことがあるから多めに採取してるんだ」

ハロルドの言葉にあっさりと納得したアーロンは荷車の後ろに陣取った。ハロルドが採取しているということは食べられるのだろうと実験結果を少し楽しみにする。

いつも通り、ハロルドが獲物を持って、アーロンは周囲への警戒担当である。村で活動していた時に交代して試したが、こちらの方が効率が良かったので定着した。

そして歩き出そうとした瞬間にハロルドの目の前を豪速で飛んでくるナニカがあった。

恐る恐る飛んできたものを見ると、アシハヤドリの首だった。首だけだった。

「待って、僕の討伐部位～!!」

待ってても何もない。飛んできた首はもうモザイクがかかるレベルで潰れている。嘴《くちばし》が硬く、武器素材にもなるはずなのにまともな形を保っていない。

ひょっこりと顔を出したのは冒険者ギルドでドアを壊していた少年だった。その貴公子のような見た目に反して手に持っている得物に視線が行く。

（棍棒《こんぼう》……）

荒削りな木の棒だ。べしょっと付着しているものに関しては気にしないことにした。

少年は潰れた首を持って「よし！」と頷いたけれど全然「よし！」ではない。

「すみません、これをやったのはあなたですか？」

顔が引き攣《つ》るのを感じながらハロルドはなんとか笑顔を作った。話しかけたハロルドに振り返った少年は子犬のような笑顔を向けた。尻尾でも振っているかのようだ。

「うん！　僕に何か用かな？」

どこか嬉《うれ》しそうに二人にそう問う彼に、ハロルドはあくまでも穏やかに「君が来たところと俺たち、その首の位置を直線で結んで何か言いたいことはありませんか」と告げる。数秒考えて、それから「何？」と首を傾《かし》げた。

「俺たちは今、帰ろうとしていました」

「うん」

「一歩踏み出そうとした瞬間に、あの首が凄《すさ》まじい速度で飛んできました」

「……え？」

「ぶつかっていたら、死んでいました」

穏やかそうな笑顔から口に出された言葉は冷え冷えとしていて、自分の失態を悟った少年は、またくしゃっとした泣きそうな顔になった。

「どういった状況でそうなったんですか？」

ハロルドは「泣かせると面倒だな」と思っていたし、後ろにいるアーロンもハロルドと同様だった。

恐る恐る、といった様子で話す少年の言葉を要約すると、「怪力というスキルを持っていて、思い切り棍棒をぶち当てたら勢いよく飛んでいってしまった」ということらしい。

「僕はスキルの制御ができなくって」

しょぼくれた顔で伯爵家の子息なのに、と俯《うつむ》く彼にアーロンは「教師とかついてそれは、よっぽどスキルが強いんだな」と言うと、きょとんとした顔で「なにそれ」と言ってきた。

冒険者ギルドで二人が聞き齧《かじ》った話では、貴族でスキル持ちが生まれた場合は類似スキルを持った家庭教師をなるべく早く用意して、家のためになるよう育てることが多いということだった。貴族であるからこそ、周囲に害を及ぼすことがあってはならない。最低でも制御可能にしておくことが義務である。

「僕は次男だし、妹もいるから少しも制御できない怪力なんて無駄だと言われたけど」

これっぽっちもコントロールできない化け物なんか教育したって無駄だ、と貴族としての義務を放り出したらしい。ハロルドは笑顔を保ったまま舌打ちをするのを我慢した。「貴族の義務も守れないような当主とか、マジ無能」などと口に出さなかっただけ自制が利いていた。

少年の名前はブライト・ベキリー。

伯爵家の次男。

細身の身体《からだ》に愛嬌《あいきょう》のある可愛《かわい》い系の顔をしている。群青の髪とレディッシュピンクの瞳がベキリー家の血筋を表している。

彼は伯爵家の生まれではあるが、そのスキル故にすぐに物を壊し、うっかりすると生き物も吹き飛ばしてしまう。

幼い時から大きな力を持っていたせいで、ブライトの家族は彼のことを〝化け物〟としか認識することができなかった。そして、そのせいで彼の母親は心を病んでしまい、ブライトは一人、家族から離されて数名の使用人と一緒に別邸へと住まわされることになった。

ブライトは周囲から「何も触るな」、「動くな」と言われたけれど、彼の愛くるしい容貌から一部の犯罪者に狙われることになる。今よりもっと制御が利かなかった幼いブライトは抵抗する時に、何名かの命を奪ってしまう。

血に怯《おび》えて泣くブライトを慰められる者はいなかった。近づいて自分が潰れることを恐れる者が多く、教育も何もかもを諦められていた。けれど、良くも悪くも彼はその事件で大きな力を持つことが知られてしまった。であれば、学園にも行かせなければならない。

毒を盛ってもなんとか生還してしまい、人を雇っても返り討ちに遭うことになる。

結果としてベキリー伯爵家は最低限のものを別邸に用意し、関わることを諦めた。強い毒を見つければ飲ませてはいるけれど、苦しむことは苦しむがそれだけ。死に至らしめることができずにいた。

そんな彼をハロルドはじっと見つめる。

放置していてはわざとでなくてもそのうち人を殺すだろう。ブライトと名乗った少年に悪気はない様子だった。

思わず嘆声を漏らす。

(絶対やらかすよな、彼)

ハロルドには自分がまあまあ〝ツイていない〟方だという自覚があった。

本来なら大往生なところを神様が関わった事故で死に、今世の親がアレで、平凡に生きるためにやることが裏目に出ているのだから仕方のないことではある。

だからこそ、このまま放っておけばいずれ巻き込まれて自分が死ぬ予感がバッシバシしていた。

脳内で危険センサーが大きな音で鳴り響いている。

「とりあえず、帰りましょうか」

ハロルドがブライトに手を差し出すと、彼は「いいの？」という顔をした。ブライトは物心ついてから誰かに手を差し伸べられた記憶がない。

パァッと輝くような瞳を向けたあと、慎重にその手を取った。

（一応、襲われたとかじゃなければ人間に対して力の加減ができる。ということは頑張れば制御できそうだな）

冷静にそんなことを思われていたとは知りもしない。初めて差し伸べられた手のぬくもりが、その優しさがどうしようもなく嬉しくて、キラキラと輝く目を向けて後ろについてくるだけだ。

アーロンはそれを見ながら「妙なのに懐かれたな」と考えていた。


三人で冒険者ギルドに戻って、狩ったモンスターや採取物を査定に出した。

その間にブライトを相談窓口に連れて行き、スキル制御に関して相談を入れる。何度か入り口を破壊していたため、すんなりと話は通った。平民の間では制御ができないことは割とある話のようで、サクサク練習日や担当職員などが決まっていく。

「名目を危険の排除にすれば大丈夫でしょう」

余計なことをするな、などと生家が文句を言ってこようものならば、期限を区切ってなんとか完全制御まではさせるようにと国からの文書が届いてしまう。今の時期に二週間以内で家庭教師の選別と完全な制御を教えても間に合わないだろう。それどころか、周囲を意図的に危険にさらしたとして、ブライトの生家は罰則を受ける可能性が高い。文句をつけない方がマシである。

翌日から冒険者ギルドに呼び出されることになったブライトを二人は何度か見かけることになるが、銀の鎧を着込んだ屈強な男が二人がかりで教えていた。

「そもそも魔力の感知ができてねぇだとぉ!? 伯爵家は何をしてやがった、ふっざけやがって!!」

「ごめんなさいごめんなさい!!」

「謝るより集中しろ! ほら、もう一回!!」

熱血指導をしているが、それも命がけのようだ。たまに「ヒーラーを呼べ!! 骨折した!!」という大声とブライトの「死なないでぇぇぇ!?」という泣き声も聞こえていた。「死ぬほどのケガはしてねぇ!! 泣くな、集中しやがれ!!」と介抱されながら叫ぶ教官は流石死戦を潜《くぐ》ってきた猛者である。

「やっぱり相談窓口に連れて行っといてよかったな」

「それな。ハルってばもしかしたら何人かの命救ったかもな」

呑気《のんき》な少年二人の発言にそばにいた職員数名は「そうだな!!」とばかりに強く頷いた。

ベキリー伯爵家がさっさと教師をつけていれば、ここまで力が強くなる前に抑え込めたかもしれない。ある程度強力なスキルでも、国の窓口に行けば、指導料こそ規定額が必要だがそれなりの教官を派遣してもらえるはずなのだ。それをなおざりにしていることがどれだけの顰蹙《ひんしゅく》を買うのか理解していないとしか考えられなかった。

冒険者の中には貴族との間に伝手《つて》を持つものも少なくない。ベキリー伯爵家の愚行が広がるのも時間の問題だろう。


二人は王都で小金を稼ぎながら、入学の日を迎えた。貴族や非常に裕福な家の出の子息は試験でクラスが決まっているが、通常の平民は試験なしで一律でFクラスである。

学園はスキルや魔力の強い人間を貴賤《きせん》問わず集める教育の場だ。そうはいっても、貴族の方が高い魔力を持つことが多いため、割合を多く占めるのは貴族である。

一番上はAから、下はFまで能力別のクラス分けになっている。1年から6年までの期間で学問を修めることになり、習熟度次第では飛び級の制度もある。

1年次に裕福ではない平民やちょっと裕福な程度の平民が一律で一番下のクラスに入れられるのは、ほとんどの平民は教育の機会にはそれほど恵まれていないため、最初から貴族と一緒に教育を施しても上手《うま》くいかないことが多いからだ。ハロルドの住んでいる土地の領主のように、教育に力を入れている領主ばかりではないのだ。

翌年、2年からは完全に実力で振り分けられるけれど、それはこの一年の総合成績で決まる。ある程度の成績があれば進級はできるけれど、あまりにも成績が悪い場合は留年もある。

ちなみに、1年から最終学年の6年までの六年分の学費は国から出るが、留年分は自腹だ。そして、卒業できなかった場合は危険人物として、日常生活に使うであろう魔力を残して封印される。だから貴族はどんな手を使っても、何年かかっても卒業させる。ここを卒業できない子になど使い道がないからだ。卒業できなかった子息になど政略の駒としてすら価値はないとされる。


入学式に出席するために、ハロルドたちは制服に袖を通した。

襟元と袖口に白いラインの入った紺色のジャケットに同色のスラックス、赤いリボンタイ。ブレザーの胸元には薔薇《ばら》と星を模した校章が縫い付けられており、襟元にはFクラスを示すブロンズのバッジがついている。

クラスを示すバッジはAとBがゴールド、CとDがシルバー、EとFがブロンズとなっており、生徒会に選ばれるとそれはプラチナに変わる。

「……うっわ」

アーロンはハロルドを見てそう言うと、にっこりと微笑みを向けられた。

「何か？」

どこか威圧感を感じる返答に「めちゃくちゃ貴族っぽい」と返して、にへらと笑った。

寮の部屋から出ると、ワクワクした様子で学園生活を語る者もいるし、不安そうに俯く者もいた。

寮に入るにあたって、規定額を納めれば希望する食事を用意してもらえる。二人は朝晩の食事代を納めていた。同じようにしている者も多いようで食堂は賑《にぎ》わいを見せている。

「帰りは直接行く？」

「いや、一回戻ってきた方がいいよ」

友人からの狩りの誘いにハロルドは静かにそう返した。

学園の仕組みなんて、学園に通う機会のなかった人間には知りようのない話である。制服のまま歩き回れば「金持ちの子息」だと勘違いされて攫われたり、襲われたりする可能性は十分考えられた。

制服は高い。

「自己責任による破損だと新しい制服も配られないしね」

貴族も着るようなものであるからか、良い生地を使用しており、冒険者活動中にうっかり破いてしまったものなら大惨事だ。当然、ハロルドにもアーロンにも簡単にポンと支払えるような金額ではない。

「やっぱり面倒でもそうするべきだよな」

ウィンナーをフォークで刺しながら唇を尖《とが》らせる友人に「そうだね」と言いながら苦笑した。

余裕を持って学園の教室に辿《たど》り着くと、教科書を机に配っている最中だった。二人は顔を見合わせると、職員に申し出てそれを手伝った。

妙な騒ぎになったことがあるらしく、学園長やら生徒会の挨拶やらは全て伝達魔法にて行われた。

「平民と一緒とか絶対嫌だ」とか言う貴族がトラブルを起こした例と、「学園内では平等のはず！」と言う平民や庶子がトラブルを起こした例があるらしい。

「新入生の皆さんはそういう余計なことをしないと我々は信じています」という学園長のお言葉は紛れもなく「やったらどうなるかわかってんだろうな」をオブラートに包んだ言葉だろう。

問題児というのは毎年入ってくるものだ。教員の方もだいぶ神経を尖らせていた。


「ハロルドくん、アーロンくん！」

キラキラした笑顔で手を振るのはベキリー伯爵家次男、ブライト・ベキリーである。

(なぜFクラスに⁉)

ハロルドとアーロンの心が一つになった瞬間だった。

彼は一応伯爵家の出身である。通常、こんな最底辺クラスにいていい存在ではない。

駆け寄ってくるブライトは不思議そうに「どうかした？」と小首を傾げた。

「なんでお前がFクラスにいるんだよ」

「ああ！　だって僕、勉強できないんだもん」

ケロリとそう言うブライトだが、もうここまでくると「伯爵家、もしかして没落しかけなのか？」

という懸念が出てくる。貧乏ならば次男以下の勉学が疎《おろそ》かになってもある程度仕方がないか、と思うからだ。それにしてもやり方はあっただろうとも思うけれど。

「二人と一緒でよかった」

ほわほわと笑うブライトに、「まぁ、コイツがいいならいっか」とアーロンは考えることをやめた。ハロルドも「教科書重そうだな」と切り替えている。

そのまま後ろの方の席に並んで座っていると、時間になって草臥《くたび》れた白衣の男が入ってきた。無精髭《ひげ》を生やしており、髪はボサボサであくびをしている。ズレたメガネを直して教室を見回した。

「よし、みんな揃《そろ》ってんな。俺は担任のアンドリューだ。今日から一年間お前らの世話をすることになる」

面倒そうにそう言うと、初日に行う儀式の説明だけして、残りは「机の上のパンフレットと生徒手帳を読み込んでおくように」と言って置いてある椅子に座った。清潔感だけではなく責任感もないらしい。時々、隣のクラスから聞こえてくる教師の声を聞きながらハロルドは少し呆《あき》れていた。

「ハロルドくん、なんて書いてあるの？」

困ったような顔のブライトに「伯爵家さぁ!?」というのが隠せなくなってきた。それと同時に数名がそろそろと近寄ってきて「私も文字を習うのが初めてで……」と机の上の一式を抱えてやってきた。

スキルや魔力が見つかる場所やタイミングなどは様々だ。領地によってはわざわざ平民に文字などを教えないところもある。

（だからこその、初年度平民Fクラスのはずなんだけどな）

ハロルドの担任への評価がガクッと落ちたが、彼らは基本的に貴族だ。平民からの評価など気にすることはない。もしかしたら、Fクラスの人間に教えるつもりはないということなのかもしれない。やる気もなさそうだ。

待ち時間中、ブライトに教えるついでに二人は他の数名と一緒にパンフレットと生徒手帳に目を通した。

その状況下で全く動く気はなく、呑気に本を広げる担任に冷ややかな目を向けるが、すぐに視線を外した。

（やる気がないやつに何言っても無駄か）

学園にやってきた平民たちの4割ほどは卒業できないまま魔力を使えなくなって帰っていくという噂《うわさ》がある。その理由を垣間見《かいまみ》た気がした。

そもそも、今住んでいる領地で文字を教えてもらうことができるのだって領主の政策であって、国で定められているわけではない。貴族には文字を読めない人間の存在が信じられないのかもしれない。

「文字も読めないのに学園に来たのかよ」

鼻で笑う男子生徒の声。そして、担任もまた同じように笑った。

暗い顔で俯く周囲の子たち。

やる気がないだけならばいいけれど、馬鹿にするのはいただけなかった。

ハロルドは柔らかく微笑む。春風のような温かい笑顔だけれど、内心では吹雪が吹き荒れている。

「大丈夫だよ。やる気があれば、きっとすぐに覚えられる」

そこらの人間なんて霞《かす》むような美形の笑顔に、俯いていた子どもたちは頬を染めて頷いた。

そもそも、他人にわからないと聞きに行けるだけ向上心がある。アーロンだってその結果、文字や簡単な計算を覚えたのだ。教えてくれる人間さえいれば這《は》い上がることができる者もそれなりにいるだろう。

（でも、コイツの担当教科とかマジで授業受けたくないな）

祖父母のためにも留年するつもりはないが、彼も中身の年齢がそれなりとはいえ、人の子なので、人間に対しての好き嫌いはあった。規則で連れてこられているというのにこの態度はあんまりである。

危険管理として、最終的に封印してしまえばそれで済む、という考え方なのだろうか。その結果として生活に支障が出る平民のことは考えないのだ。

儀式というのは、国が魔力量やらスキルを把握するためのものだ。水晶玉に手を翳《かざ》してそれがスキル名、数値等として現れる。さらにそれが神官によって書き取られるといった仕組みらしい。

ハロルドはそっと溜息《ためいき》を吐《つ》く。正直なところ、自分のスキルを他者に知られたくはなかった。田舎に引きこもってゆっくりしていられればそれでよかったのにと思わざるを得ない。

三つほど部屋があり、順番に名を呼ばれる。そして、担当の神官に能力を見てもらって面談を行うという流れだ。

「ハロルド」

名を呼ばれて部屋へと入る。

そこにいたのは見事なまでの白銀の長い髪にライラックのような瞳を持つ青年だった。白の神官服がよく似合っていて清廉さを感じさせる。

「こんにちは。初めまして、ハロルドくん。私はウィリアム・アメシストと申します」

にこやかに話しかけてくるウィリアムはどこか落ち着く、柔らかい雰囲気の持ち主だった。つい先ほど、ダメな大人認定の担任教師を見たからなのかすごく立派な大人に見える。

「初めまして、ハロルドです。平民なので姓はありません。よろしくお願いします」

しっかりと頭を下げる。ハロルドは高貴な人の挨拶などは知らない。そのため、その姿勢は日本のビジネスマンのような礼と笑顔だった。

ウィリアムはハロルドに椅子に座るようにすすめ、それに従う形で彼は対面に座った。

「聞いていらっしゃるかとは思いますが、今からこちらの水晶であなたのスキルや現段階での能力を見させていただきます。また、私たち神官には守秘義務があり、国家、および教会の本部にしかあなたの能力を報告することはありません。学園職員に対して開示したくない情報がある場合は、書き取った内容をお見せしますので申し出てください」

意外と良心的な言葉にハロルドはパチパチと瞬《まばた》きした。ハロルドが担任の態度を見た感想が「コイツに教わるのかよ」だったこともあって、愛想のいい目の前の神官に好感を持った。

親切なふりをして悪意を隠しているかもしれない。だが、そういう人間に対して、ハロルドは〝何となく嫌な感じ〟を覚えることが常だった。彼からはそういう感覚を感じなかった。

「わかりました」

人間関係は初対面時の印象がある程度は重要になってくる。それを踏まえると、担任に全部を開示する気にはなれない。少しだけ安心した。

「それでは、この水晶に手を翳して……はい、そのままゆっくりと魔力を注いでください」

言われた通りにすると、水晶が淡く光を放ち出す。温かい緑色の光にどうしてか女神の得意げな顔を思い出した。ペンを動かして驚いたような顔をするウィリアム。その様子を見ながら少し不安になる。


やがて、光が収まるとウィリアムは左手で十字を切るように動かし、それを胸に当てて頭を下げた。それは女神フォルテの教会で祈る時の正式な作法だった。ちなみに主神フォルツァートの信徒は右手でそれら一連の動作を行う。

「女神フォルテ様の寵愛を受けておられる方でしたか。無礼を失礼致します」

「何それ、知らん。こわ」

いきなり頭を下げられて怯えが勝った。素の反応をしてしまったハロルドの目にはなぜだか、水晶玉の中に「てへぺろ」と頭をコツンと叩きながら誤魔化すようにしている女神が見えた。

そんな態度にスッと目を細めたハロルドを見て、フォルテは「私のイメージが下がらないように、何とか。どうか」と念話のような形で伝えてきた。

「なるほど……。おそらくあなたが平民であることに遠慮をして寵愛を授けたことを黙っておられたのですね」

穏やかに微笑むウィリアムを見ながら、寵愛がいつ与えられたものかを考える。一年半ほど前、自分が移住してそう経《た》っていない時に夢で主神の行いのとばっちりがいかないように加護を与える、と言われたことを思い出して頭を抱えそうになった。紛れもなくそれである。

加護と言ってもささやかなものだろうと考えていて、こんな場面で現れるものだとは思っていなかった。本当は学園に来るつもりではなかったので気軽に「ありがとう女神様！」くらいに思っていたそれが結構影響の大きなものだった。

そして、ウィリアムが書き写した自分のデータを見て説明をしてもらうとそれにも目眩《めまい》がした。

(何これ)

紙を見て、思わず表情が引き攣ったのを感じる。

【加護】女神フォルテの寵愛
【ジョブスキル】錬金術師
【スキル】緑の手　異空間収納　魔眼（鑑定）

寵愛とはなんぞや、と頭を抱えそうになった。

「流石神の寵児《ちょうじ》です。これだけのスキルを持つ者は勇者やせい……失礼。少し気分が」

真っ青になったウィリアムは一呼吸置いてから「すみません、アレらに少しトラウマが」と言った。勇者だという幼馴染《おさななじみ》が母親とあれこれしていたという精神的苦痛を味わったハロルドは「過去のやつらもやらかしてるんだろうな」と眉間に皺《しわ》を寄せるだけだった。

「いえ、それで何個くらいが普通なのですか？」

「通常は一つか二つほどですね」

その言葉でハロルドは現実逃避したくなった。「これ絶対ダメなやつ」としか思い浮かばない。

「どうにか普通の生徒で済む範囲で誤魔化したいんですけど」

そう言うと、現勇者のやらかしっぷりを知っているウィリアムはどこか嬉しそうに微笑み、頷いた。

国と本部には報告をあげなければいけないが、基本的にエーデルシュタイン王国は「神やその愛《いと》し子《ご》になるべく頼らず、甘やかしてモンスター化しないように」という方向に舵《かじ》を切っている。

ウィリアムが学生だった十年ほど前に隣国にて召喚された聖女の影響は大きい。

(まぁ、アレは聖女ではなく性女でしたが)


元々、スキル自体が〝神からのギフト〟と呼ばれている。

精霊や妖精からスキルをもらうこともあるのでそれは正確に言えば違うのだが、その名に違《たが》わぬ力を示す者は多い。

その中でも勇者や聖女、賢者などの高名なジョブスキル、もしくは愛し子や寵愛といった加護系のスキルの持ち主は通常、各国が必死に引き込もうとするレベルの破格の代物だ。

この国では、ここ数十年内で現れた賢者やら聖女のジョブスキル持ち、加護持ちに危害を加えられてきた。そのため、そこまで必死に探すことはしていないが、それでも特別な存在であることに変わりはない。

どの神かにもよるが、加護を得た存在がいるだけで魔物の影響を受けにくくなったり、魔力の高い子どもが生まれやすくなって、魔法が発展した国になったり、医療が発展しやすいように医師や薬師のスキル持ちが生まれやすくなったりと恩恵が大きい。

そんな中で生まれた創世の神の片割れ、大地の女神の加護、それと相性が非常に良い「緑の手」を持つハロルド。

それは、国をより実り豊かにしてくれるかもしれない、という魅力的な能力だ。

ハロルドは平穏を愛する一般庶民であり、食べ物や薬草ならばともかく、自分の能力にはあまり興味がない。自分で自分を鑑定することもないため、そこまですごい力を得ているなんて知るはずもなかった。

加護に関しても、貴族にとっては常識でも、普通に平民として生きている分には、そんなに破格なものであるなんて誰も教えてはくれない。それゆえに特別なこととは知らされぬまま、ハロルドはフォルテの加護を受けていた。


神から愛された人間は、国や対応する神の教会に保護されることが多い。そして、半数から6割は特別扱いされることで傲慢になったりわがままになったりする。神だって性格は様々だ。加護を与えた神の考え方によっては「そうなったのは守れなかった人間のせい」としてその責任を周囲の人間、領地、もしくは国家に負わせる。放り投げれば祟《たた》る。それは、国の責任者が替わり、国そのものが滅びるくらいだ。

エーデルシュタイン王国には二十年と少し前、フォルツァートを信仰する教会が身元引受人となった賢者がいた。

彼は異世界より召喚された少年だった。最初は大人しかった少年は、自分のスキルや加護を知り、思いのまま操れるようになるとその力で周囲を押さえつけ、欲望のままに暴れ回った。

許可されてもいない召喚を教会が行い、手に入れた賢者。それを唆したせいで魔族との関係も悪化し、一時は戦争間近というところにもなった。仕方なく彼を閉じ込めればフォルツァート神は怒り、王都近くの作物を全て枯らしてしまった。

神は、自分の〝お気に入り〟に対してはひたすら甘い。対象者が危害を加えられたと感じれば神罰とも取れる現象を引き起こす。特に顕著なのがこの世界において主神といわれているフォルツァートだというのだから困ってしまう。

そして十年ほど前、まだウィリアムが学生だった時代に現れた聖女も酷《ひど》かった。彼女は隣国の男爵令嬢だった。転生、乙女ゲーム、ヒロインなどとわけのわからぬことを言って情勢を乱して回った。魅了の力を使い高位の貴族令息や王子を誘惑して己の取り巻きにし、それだけでは足りぬとこの国にまでやってきて見初めたのがウィリアムだった。

主神はウィリアムを救ってはくれなかったが、女神フォルテはウィリアムを守ってくれた。だからこそ彼はその敬虔《けいけん》な信徒として仕えている。というか、その身分を捨てなくては聖女と名乗る不届者が離れなかった。そのため、嫡子だった彼は実家の継承権を手放すことになった。

その聖女は事故で死んだとされるが、実際は、婚約者の王子と両思いだった令嬢が魅了の力で彼を壊した聖女と共に崖に飛び込み、心中するという形で殺した。その時もフォルツァートが令嬢の実家を祟った。

フォルツァートはとにかく気が強く欲深い女と、力に溺れて横暴になり色を好む男を選ぶことが多かった。

他の神や精霊などの加護の持ち主も暴君へと変わることはあったが、フォルツァートの加護の持ち主ほどではない。人を見る目がないにも程がある。

（それに比べて、ハロルドくんは大丈夫そうだ）

実際、ハロルドからの問いは〝どうにか特別ではない、ただの少年として暮らしたい〟という訴えととれる。

ハロルドは、これ以上の神様案件の事故とかはお腹《なか》いっぱいだった。英雄になりたいと願うほどに夢見がちでもなければ、そうなったとして自分がそれに相応《ふさわ》しい精神性を身につけられるという自信もない。人生に挫折は付きものだ。それをもうある程度経験してきている魂の持ち主であればこそ、身の丈に合った暮らしを、と願っている。

「そうですね。正直なところ、君のスキルは全て珍しいものです。有益なものしかありませんしね」

ハロルドのジョブスキル〝錬金術師〟は多くはないが持っている者も珍しくはない。調合・錬成、場合によっては医学の方へ進む者もいる。多くは研究者気質でやや引きこもることを好む。

錬金術師という職業適性よりもハロルドの場合はスキルの方がそれなりに目立ちそうだった。鑑定の魔眼は希少だ。貴族も商家も冒険者も、多くの者が欲しがるだろう。異空間収納も所持していることで余計に価値がつく。

それよりも破格なものは〝緑の手〟というスキルだった。

二十年前に国を救った辺境の少女もまたこのスキルを女神より授かっていた。簡単に言えば、どこに行こうと作物を育てられるスキルである。

これは特にフォルテが与えたスキルではない。ハロルドの元から持って生まれたスキルだ。このスキルのおかげで、フォルツァートの神罰の中でも飢える国民は少なかった。そのため、国にとってはこの緑の手というスキルは特別なのだ。

ハロルドの場合は、それに加えて大地と豊穣《ほうじょう》の女神フォルテの加護を持つ。おそらくその効果は以前いた緑の手の少女以上のものになるだろう。

勇者もフォルツァートの加護を得ているが、その性質故に国では要注意人物となっていた。今のところ、目の前の少年は彼のように最初から御し難い厄介な価値観で生きていないと見られる。

「そうですね。スキルは基本的に使わないことをすすめます。その上で錬金術師のみの開示にするのがまだマシでしょう」

「ありがとうございます。そうさせていただきます」

「おそらく国と教会から保護と後見の申し出があるでしょう。これは君と周囲の安全のために必要なことになります」

美しい見た目とそのスキルや加護を目当てに、権力者たちが争うのは目に見えている。現状まともと言えるのは国の方である。この国がいくら「どの神を信仰していても良い」としていても主だった神はフォルツァートであるし、教会の元締めもまたその信徒である。女神の教会で身元を預かるのは難しい。厄介なことに加護を得た者は全て主神の下で祈りを捧《ささ》げるべきだ、などと言う人間もいるのだ。

また、現在の教会は腐敗が蔓延《はびこ》り、とても神官だと思えぬような人間がフォルツァートの名の下で暴虐の限りを尽くしている。ハロルドの美しさに目がくらみ、手を伸ばそうとする愚か者が出ることは想像がついた。現在の教会の状況ではフォルツァート以外の加護を得た子どもの過ごしやすい環境とは言えなかった。

ウィリアム・アメシストからの報告を受けて、エーデルシュタイン王国国王であるリチャード・ダイア・エーデルシュタインは深い溜息を吐いた。二年前にとんでもない産廃勇者が爆誕して周囲の声も聞かず暴れ回っていることを知っているので、加護持ちとか若干地雷である。

それでも、報告を聞いていると「現在、加護を受ける者としては破格とも呼べるほどにまともな精神性であり、本人は穏やかな暮らしを希望している」「緑の手の持ち主である」などと言われて考え込む。

「え。お前の息子だから信用するけど真面目で控えめな神の寵児とか幻想だと思ってた」

「陛下、口調が乱れておいでですよ」

「いいよいいよ。ここにいんの、俺とお前とカミさんとうちの長男だけだし」

「陛下、仕事ですよ。真面目に聞いてください」

王妃に窘《たしな》められて、リチャードは姿勢を正した。

主神は確かに魔王という瘴気《しょうき》が固まり形を成した、ただ世界を滅ぼすだけの魔物を倒すだけの力を人間に与えてくれた。ただし中身の人間性度外視で。

フォルツァートが力を与える人間が、割といつも問題を起こすのは国家を治める者としては頭の痛い問題である。結局その行動で刺されたり突き落とされたり、閉じ込めたりなどしなくてはいけなくなる。さらにそのことで「お気に入りを虐《いじ》めた」と国家規模で被害を受ける。最悪である。

「まだ12歳だからなんとか矯正できるかと思ったら、始めっから人間性が腐ってて、尚且《なおか》つ教会が増長させて何ともならなかった勇者とか、マッジで要らんかった。まともならなんとか引き込みたい。ついでに言うと健やかな成長を促してぇなぁ!!」

「十年前の聖女も最悪でしたね。あの小娘のせいで、我が家は跡取り息子を廃嫡して出家させる羽目になりました」

「二十年ちょっと前の賢者もダメでしたわ。あの男に何度寒い言葉で口説かれたことか」

稀《まれ》に現れる主神以外の加護の持ち主も、教会が甘やかしまくってダメにしてしまったり、ハニートラップに引っかかって他国へ行ったり、単純にスカウトで引き抜かれて行ったり、力に溺れてクソ野郎になったりとこの手のトラウマには事欠かない。

女神フォルテは加護や寵愛と名前がつく形で現れるのはいつぶりだったか。教会との奪い合いになるだろうとこめかみを揉《も》んだ。

「国と宗教団体とでは後者の方が清廉で神様が喜びそうっつって大体向こう行くんだよな」

「そして堕落して酷い暴君になってから、そっちでなんとかしてくれと押し付けられるのですわ」

当代の勇者を増長させたのも教会だった。死んだ賢者や聖女があまりにも欲望全振りで何もしてくれなかったので、魔王だって各国が人を派遣してなんとか押し留《とど》めているだけに過ぎない。三十年間の瘴気を吸ってより大きくなった魔王を倒すために遣わされたはずの勇者がアレとか、国を統べる者として頭が痛い。

「とりあえず保護に際しての面談の申し込みをしておいてくれ」

「はい」

半信半疑のまま宰相にそう命じると、「俺の生きてる間になんでじゃんじゃか加護持ちが出るんだ」と疲れたように言った。特に利用するだとか考えていない、まともな国の中枢の意見は大抵これである。コントロールしきれない強大な力などあるだけ邪魔だ。威張りくさっているだけで何もしないのならばいっそいない方がマシである。

「もう一件お伝えしたいことが」

宰相は淡々とした声音で王に告げると、リチャードは「本当ならば処理しろ」と即座に告げる。

「禁じたはずの召喚まで勝手に行おうとは、あいつらどこまで我々を舐め腐ってやがる」

フォルツァート教の者たちは他の神や人を下に見て、自分たちやフォルツァートの加護を得た者たちこそが特別だと独断専行が目立つ。そして、それを許す者もそれなりにいる。

一国が禁じたことでさえ「神の意志なれば」と簡単に破る連中がまともなはずはない。勇者が国を統べるべきだと高らかに叫ぶ者もいるくらいだ。

「フォルツァートの聖女など要らん。召喚したところで我が国の聖女とは認めん」

ただでさえ、この周辺国は彼《か》の神の聖女にかき回されたのだ。

神が己のお気に入りだけを大切にするというのであれば、そんな加護は必要あるものか。人の国は人が治めるべきだ。王は鋭い眼光で前を見据えた。

届いた二通の手紙を見ながら、ハロルドは溜息を吐いた。

一通は国から。

もう一通は教会から。

(宗教団体から、そこはかとないドクズの香りがする)

国からの手紙には、保護をさせてもらいたいことやその理由、互いの意識と何を大切にするかの擦り合わせが必要だということ、面談の申し込みと日時の希望が書いてあった。真っ当である。

教会からの手紙には、まず、どこぞの神から加護をもらっているようだが一番はフォルツァート神であるというところから始まり、それがどれだけ素晴らしく尊い神かについて述べられ、学のない平民にはわからないかもしれないけど神の加護を得たからには教会に所属すべきでしょ（笑）みたいなことが書かれている。これで馬鹿にされていると思わない人間がいるだろうか。

ハロルドは「マジか」と呟《つぶや》いた。

「まず他の神を信仰しているところに所属する意味がないだろ」

しかも、女神フォルテ曰く彼女は二大神の片割れだ。決して軽んじていい神というわけでもないだろう。だというのに、改宗でもさせるのか、と勘繰るレベルでのフォルツァート上げだ。しかも平民が神に逆らうわけがないよな、と自分たちをやたらと素晴らしいもののように書き連ねていた。怒りとかそんなものを通り越して「マジ？」としか言えない。

結局、とりあえず国の面談とやらを受けてみるか、とハロルドはいくつか指定された日時の中で、学園で授業を受けなければいけない時間を除いて返事を送った。他の日程に関しては現状、生活費と貯蓄用の活動しか予定がないので多少ズレても構わない。教会からのお手紙に関しては丁寧に「私は女神フォルテの信徒ですので」みたいな文章を長々と書き連ねた。

「仮にも信じるものがあるならこれで引くだろ」

そんなことを言いながら返事を出せば、また同じようなタイミングで両方の返事が届いた。やたら分厚い教会からの手紙をドン引きしながら開ける。嫌な予感がしたので、縁起の悪そうな方から開いた。

ガチギレの手紙だった。

ハロルドは特に主神とされるフォルツァートをバカにした文面を送っていたわけではない。あくまでも「仕える神が違うので」という返事だった。

けれど、なぜか平民如《ごと》きがバカにしやがって、天罰が下るぞ、というような脅迫じみた手紙がやってきた。神から加護をもらっている人間に天罰を匂わす内容に、無の表情になった。

「ねぇわ」

マナーも何もないヤバい手紙を見てから、国からの手紙を読んでホッとした。普通の手紙だ。時候の挨拶から始まり、いきなり神様関連のことで騒がせることになったこちらを気遣い、最終的に決まった日時の確認と出向く際の服装など細かいことが書いてあった。

おそらくは両方ともそれなりの貴族が書いたと思われるのに、どうしてこんなに差がついているのだろうと窓の外を見た。

そこにはブライトがるんるんと歩いていて、ハロルドに気がついた。どうやら、冒険者活動は割と上手くいっているようだ。

最近では討伐部位や素材になる部分もそこまで損傷させずに倒せているとギルドで彼を教えていた人たちが嬉しそうに自慢していた。

ブライトはハロルドを見上げて、嬉しそうに手を振る。すると、そばにあった木にゴンと手が当たった。そこからメキメキと音を立てて木が折れる。

「ハル、外になんかある？」

「ブライトが俺に気づいて手を振ったら、手が木に当たって折れた」

「え、ホントだ。いやでも一本で済んでるあたり、だいぶ成長したよな」

「そうだな」

冒険者ギルドに相談していなければ同じ動作で五本は同時に折っていた。

乾いた声で笑っていたアーロンだったが、机の上の手紙に気がついた。アーロンは魔弓使いのジョブスキルを持っていた。それなりにレアなものではあるけれど「所詮狩人《かりゅうど》」みたいなことを腹の立つ顔で言われて終わったらしい。

「女神が渡してきたスキルがそれで終わるものか？」と疑問に思ったアーロンではあるが、女神の名前なんて全く出さなかった。「邪神信仰者が何か言ってやがる」と身も蓋もないことを考えて終わらせた。アーロンは実際のロナルドを見たせいで、すっかりフォルツァートを邪神だと思っていた。

友人も同じようなものだろうと思っていたら、ハロルドは女神の名前のついた加護を持っていたせいで、ちょくちょくやたらと良い紙で手紙を送りつけられていた。

「大丈夫か？」

「ああ、これ？　大丈夫ではないけど、相談はしてみるつもり。俺は権力とか要らないけど、抵抗するには無力だし頼れるところがあるなら頼らないとな」

ウィリアムが信頼できそうな大人だったために、こういった手紙が来たことに関して教会には若干の失望感を感じる。まともな手紙を送っていたら優先していたのはきっと教会だった。けれど、彼らは相手が平民の少年だと思ってわかりやすく馬脚をあらわした。

ハロルドは国の考えにも、教会の実態にも詳しいとは言えない。貴族の生まれではないので、社交の場にもいないのだ。知るわけがない。だからこそ、最初だけでも仮面を被《かぶ》っていれば騙《だま》せただろう。

（早く教会のヤバさがわかったのも、フォルテ様の加護のおかげなのか？）

少しだけ悩んで、彼はミニサイズの神棚に花を供えた。

「それ、薬になるやつじゃないのか？」

「そうだけど香りもいいし、嫌がられはしないだろ」

神が意外と祟るとか知らないハロルドは、割と大雑把だった。そして、実際に綺麗な花であったため、フォルテはにっこにこでそれを受け取っていた。

これは自分では対応しきれないと踏んだハロルドは面談の場に教会からのお手紙（という名の脅迫状）を持ち込んだ。「いや、仕えてる神様違うじゃん」としか返していないのに自分のところの神様の自慢話とだんだんとエスカレートする「もしこっち来なかったらどうなるかわかってんだろうな」みたいな内容のそれに嫌気がさしていた。

アーロンですら「いやぁ、これでそっち行くやついねぇだろー。いねぇよな？」と言っていた。

なお、字が読めなかった者などが「教会だったら間違いないでしょ」と流れていくのがこれまでのパターンでもあった。面談後に金品や権力に釣られてひょこひょことそちらに行く場合もある。


王城への呼び出しであるのは「仕事の都合上仕方がないんだろうな」と案内してくれている兵士にお礼を言いながら思う。制服姿で城にいるのは場違い感が凄まじいけれど、指定された服装であるし、そもそもこれ以上の服など持っていない。

（地に足つかないってこういう感覚かもな）

緊張で落ち着かない。

案内された部屋で座って待つようにと指示を受けた。そのソファーは優美なフレームデザインにいかにも高級そうな布張りのもので、ハロルドは座るのを躊躇《ちゆうちよ》する。

真っ先に思うのが「これ汚したらクリーニング代、いくらだろう」なあたりが彼の小心っぷりを表しているかもしれない。

それでも、座っておいた方がいいのだろうなと思ったあたりで扉が叩かれた。

「はい」

返事をすると、扉が開いて白銀の髪の男性が現れた。吊《つ》り上がった目元と眉間の皺がどこか気難しさを感じさせる。その瞳の紫は学園で出会った神官ウィリアム・アメシストを思い出させた。

「お初にお目にかかります、女神の加護を受けし方よ。私はカーティス・アメシストと申します」

自分に向けて丁寧に頭を下げる男性の名は宰相として手紙にサインをしてあった名前と同じだった。その筆跡と同じく真面目そうだ。そして、明らかに高位の貴族である男性に頭を下げられてハロルドは少し混乱をしていた。

(何で宰相閣下が俺に頭下げるんだ？　怖)

混乱と恐怖を飲み込んで、「こちらこそはじめまして、ハロルドです」とガッチガチの声で返した。

「マナーとか挨拶の返し方とかは習ってなくて、無作法で申し訳ございません」

眉を下げる少年にカーティスは「おや？」と思った。目の前の少年から感じられるのは困惑と恐れである。今もなお暴れ続ける『勇者』だなんて大層なジョブスキルを持つだけの少年とはまた違った印象だ。

これならば、とカーティスは頷いた。教会との面談を行っていないことは知らされていた。それどころか嫌そうな顔で分厚い手紙を受け取っていたことも報告を受けている。彼自身に何か権力図を引っ掻《か》き回すようなつもりはないらしい。

後ろにいる侍従に合図をすると、軽く頭を下げて部屋を出た。

「かまいませんよ。無理にお呼びたてしたのはこちらの方です。それでは座ってお話をさせていただきましょうか」

その声に少し安心した顔をして、ハロルドは「はい」と頷いた。

カーティスは、手紙からして話を聞いてくれそうだったので、「なるべく悪目立ちしたくない」「田舎で平穏に暮らす生活を続けたい」ということ、それから教会がヤバそうなので何とかならないか、ということを話した。

「俺……私、みたいな小心者が、地位とか金とかを抱えきれないくらい持つと碌《ろく》なことにならないので、教会は本当にどうにかなりませんか」

急にいろんなものを持ちすぎると感覚がおかしくなりそう、というのがハロルドの考えたことだった。そもそも子どもにそんなものを持たせても、普通の子どもではいられなくなるのは目に見えている。

ただでさえ中身が前世三十路《みそじ》過ぎのおっさんなのだ。これ以上生き辛《づら》くさせないでほしかった。

そんな少年の若干疲れを感じさせる表情に教会のやらかしを感じて、カーティスはドン引きした。

そしてハロルドから手紙を受け取ると赤くなったり青くなったり表情を変える。最終的にはカーティスもまた目の前のハロルドと同じように無の表情になる。

それをカーティスの後ろからひょいと摘《つま》む男がいた。

「これ、脅迫じゃねーか。マジかよ教会腐ってんな」

「……陛下、お早いお越しで」

「陛下……？」

美しい金色の髪に、キラキラと輝く宝石のような銀色の瞳を持つ男は、いたずらっ子のように笑う。

「おう」

面談から謁見になった。

静かに胃の辺りを摩《さす》るハロルドに、侍従は申し訳なさそうな目を向けた。

全く笑っていない目で手紙を読み、さも面白いという声で「そりゃクソ人間も生成されるわな」と国主は宣《のたま》う。宝石のような印象を受けた瞳は、その感情を反映しているのか冬国の銀景色のように寒々しい。

「それで、ハロルドといったか」

「はい」

「お前が望むことは、その加護故に難しいということは自覚しているか？」

〝特別〟をひたすら押し付けられている今の状況でそれが簡単なことだとは思っていなかったハロルドは頷く。

それでも、金と権力と女をちらつかせて自分の思うままに操ろうとする教会のやり方は好かないし、それで上手くいかないと脅迫までしてくるあたりが癪《しゃく》に障る。

「それでも、祖父母の心に負担をかけるような生き方はしたくないので」

ロナルドを見ていればこそ、余計にそう考えてしまう。自分たちの娘のやらかしも含めて祖父母はだいぶ堪《こた》えていた。ハロルドを立派に育てるという覚悟だけで立ち上がった彼らに、堕落した姿を見せるのは許されないだろう。今度こそ憤死しかねない。

あとは生きているかどうかすらわからない両親が縋《すが》り付いてきたりしたら嫌だった。自分たちの子だ、なんて今更言われたくない。

「良い子だなぁ」

「そうですね」

目の前の国家運営者二人組がしみじみと呟いた。

ここ数十年の加護持ちは、それはもう酷かった。話が通じないし問題ばかり起こす。

賢者はこの世界で手に入れた知識と魔法で多くの土地を更地にし、元の世界で馬鹿にされていた分を取り戻そうとするかのように、周囲を力でねじ伏せて支配しようとした。

聖女は元々美しい少女であったが、その行動に問題が多かった。地位が高く、顔の良い男を好む奔放で淫蕩《いんとう》な女であった。自らの持つ魅了の力を躊躇《ためら》いもなく使用し、使った相手の精神が壊れようとも構いはしなかった。

そして、現代に生まれた勇者は粗暴で好色な少年だった。勉学を好まず、己の力を過信しているように見受けられる。確かにその武力は強大で敵に回すことを考えるとゾッとする。しかし、国がどんなに苦心しようとも、周囲の被害なんてお構いなしに暴れまわる問題児だ。

今まで関わってきた加護を持つ人間たちがそんな者たちであったがために、ハロルドが普通にしているだけで評価が上がる。そして意味のわからないハロルドは「え、何それ。怖」となる。

一昔前であれば「手っ取り早く貴族の養子にしてしまえば良い」と言えたのだが、現在では教会が幅を利かせているので、迂闊《うかつ》にズブズブな所に養子にしてしまうことがあったらそれこそ危ない。

人を出して守らせるつもりではあるが、下手に妙な貴族の養子にしたり、警護の人選に失敗して目の前の少年の機嫌を損ねることが恐ろしい。女神からそっぽを向かれてしまっては国に影響が出る可能性が高いからだ。

「まず、お前の能力はアホの手によって周囲にバラされる危険が大いにある。そうなると面倒なやつらに手出しされかねないので、寮からこちらの用意する居宅に移ってもらいたい」

初《しょ》っ端《ぱな》から自分の言う「普通に暮らしたい」から離れてしまってはいるけれど、おそらく何かあるのだろうと眉間に皺を寄せながら話の続きを聞く。

「加護を持つ者の多くは拉致、監禁、人身売買を行う連中に狙われる。警護をさせてもらいたい」

「……家族や友人とかって危険ですか？」

ハロルドがこの面談に来ようと思った理由の一つに、教会の手紙にそれとなく身の回りの人間への害意を仄《ほの》めかす文面があった。彼らには権力等を求めない人間もいるというのが理解できないらしい。ただただ自分たちが馬鹿にされていると怒っているようだった。

「……こちらで保護しよう」

その言葉に「あ、やっぱヤベーんだ」と思ったハロルドも、否定できなかった目の前の二人も悪くない。


国が話し合いの通じる相手でよかったな、などと思いつつハロルドは帰宅後速やかに、かつ、いつもよりも余計に祈ってみることを決めた。

いつもより多めに祈ったのに夢で女神から下りた神託は「そろそろ、そっちに例の聖女が行くから気をつけるように。ところで、君の育てた花は品質がいいね。定期的に供えてもらえると嬉しいな」なんて慈悲も何もないものだった。聖女の件は速やかに国にチクった。

「因果の関係でね。私にも召喚の阻止はできないんだよ。何より、私とヤツでは権能の強さが違いすぎる」

フォルテは申し訳なさそうに眉を下げた。そして、両手でハロルドの頬を包むと、「君の先行きに少しでも多くの幸いがあるように」と囁《ささや》くように言って瞼《まぶた》の上に口づけを落とした。

翌朝、その感触に驚いて飛び起き、アーロンに「悪夢でも見たのか？」と心配されることになった。


教会からの手紙（ほぼ脅迫状）は国を経由して、内容が10代前半の少年に渡していいものだけが

ハロルドのところに届くことになった。結果、ウィリアムの書いた手紙くらいしか届かなくなった。単純にハロルドを気遣い、心配するような文章に「やっぱり聖職者も頭おかしいやつらだけじゃないんだな」とホッとする。

ハロルドは家が用意でき次第の引っ越しになる。

すでに現在、こっそり警護についている者たちもいる。安全第一のハロルドづきというのは割と気楽であった。そのため、勇者についている同僚に「代わって!!」と泣きつかれている。

冒険者活動で出歩くのは勇者と変わらないが、無茶なことをしないだけで手間が違う。学園の勉強もしっかりとしていて、プラス薬学なども学んでいて勤勉さも窺《うかが》える。

何より、護衛が感心したのはクラスメイト数名に勉強を教えていることである。

「生きるために魔法を覚えたのに、卒業できなくて封じられるのは洒落《しやれ》にならないよな」

教えてほしいとやってくるクラスメイトに対しては、アーロンと一緒に勉強を教えていた。二人はその中でもブライトには特にガンガン詰め込み教育をしている。彼は家族に疎まれていたとしても貴族出身なので、力がコントロールできて勉強ができれば、それだけで選べる未来はよりどりみどりなのだ。アーロンは「それで勉強しないのはバカ!!」とハロルドより必死なところがある。

逆にある程度勉強ができなくても魔力さえあれば、勇者のように成り上がれると考えて、勉強に励むハロルドたちを見下す者もいた。

わざわざバカにするために絡んでくるあたりが厄介であるが、「ああいうのが〝バカに力を持たせると碌なことにならない〟って思われる例だよ」と口元だけ笑っているハロルドに言われた勉強組は「なるほど」と頷いた。

確かに暴力を振りかざす人間は魔力を封印された方がいいと思うような者たちであった。

そして、自分には才能があると両方を見下し嗤《わら》う、裕福とまではいかないが王都近辺に住み、ある程度恵まれた家庭で多少の手ほどきを受けてきた者たちもいた。彼らは、文字を覚えたばかりの連中に負けるわけがないと考えている。教える手間がかからないことで、担任も彼らを贔屓《ひいき》していた。

現状のFクラスにいるメンバーはそんな3グループに分かれていた。

「ハル、俺らはなんでこんなに勉強してるんだろうな」

「知識がないと、知らない間に毟《むし》り取られて素寒貧になるからだよ」

「穏やかに言ってるところが怖い」

ブライトが怯える中、予習復習に余念がない二人は「だよなー」と笑い合っている。

怯えるブライトは一応貴族ではあるが、それは一緒だ。次男で親に疎まれている彼は自分で身を立てなければ立場は二人と変わらない。あっさり騙されて死ぬ可能性を、彼らとつるみ始めてから考え始めていた。

（貴族に生まれて勉強ができないっていうのも、立派な虐待だったんだね）

それは「どこでも野垂れ死ね」という意味だったのだろう。そう考えると「本当に愛されてないな」と思う。

ブライトにしてみれば、こう生まれたのは自分のせいではないのに不条理ではある。

母が精神を病んだとかなんとか父は言っていたけれど、その後に妹も生まれているのだ。ただただ自分のような化け物を目の前から追い払いたかっただけではないか、としか思えない。

それでも敵対する者をある程度追い払えて、生きる力があっただけマシだったようにも思う。

平民の中には権力者に目をつけられた姉が無惨な姿で見つかった、食べるものも少ないのに容赦なく税を毟り取られて死ぬところだった、などと話す者もいる。

恐怖を与えてしまったらしいハロルドたちには申し訳ないと思うけれど、自分は幸運だった。ブライトはそんなふうに思いながらペンをくるりと回した。

気をつけなければペンも持つことができなかった彼は、小さく口角を上げた。冒険者ギルドで彼らが掛け合ってくれたおかげでようやく生活に困らない程度になれた。あのまま学園に通い始めたら、きっと今でも文字を書けないままだった。親と兄が言うように〝化け物〟のままだった。

「とりあえず、次の休みは狩りに行くし、その分もしっかりとやっとかないとね」

「肉が欲しいよな」

「僕もお肉食べたい」

三人は割と食いしん坊なので、その分真面目に勉強に向き合った。

勉強をしながらハロルドは「寮に帰ったらあのキノコ乾燥させとかないとな」と考えながらメモを取った。

休みの日になると、前日に整備しておいた装備を身につけて冒険者ギルドへと向かう。到着後、ブライトと合流していくつか討伐の依頼を見る。どの依頼を受けるか、相談して決めて森林地区へと向かっていった。

「よし、とりあえず……。この辺に生息してるノイジーダックはめちゃくちゃ美味《うま》いらしい」

「代わりに、レア種のウルフでもないのに雄叫《おたけ》び的なもので気絶させられる可能性もあるらしいけどね」

「しかも捕食の仕方がエグいって聞いたよ。まぁ、対策してきてるから余程のことがなければ平気だけど」

ヘッドホンのような形の器具を持って、ハンドサインの確認をする。視線を合わせて頷くと、器具を身につけて各々武器を手に取った。

すんなりと柔らかい白と黄色の羽毛を持つノイジーダック数体を見つけた三人は作戦通りに動き出した。三人を見つけたノイジーダックたちは獲物を見つけたとばかりに口を開いた。

そのうち少し離れていた一体の首を斧《おの》が綺麗に刈り取り、近接していた二体の足が凍る。開いた口に魔法で勢いの増した矢が突き刺さった。

その三体を手早くロープで繫《つな》いで、用意していた台車に載せてそれをブライトが引き、一気に撤退した。

現場にいる時間は少ない方がいい。相手を仕留めるためにとても大きな声で叫ぶ魔物であるので、ノイジーダックがいなくなったことがバレるのも早い。それを見越して獲物を横取りしようとする魔物もいる。

「台車を風魔法で押すとあんなに速さが出るんだね」

「ただし、あんだけ細かい操作ができるのはハルだけ」

「ちょっと器用なだけだよ」

案の定、青みがかったグレーのウルフたちが追いかけてきそうだったので、ブライトにも台車に飛び乗ってもらって、そのまま後ろを風魔法で押して馬並みのスピードで安全地帯まで帰還した。ちなみに、それなりに安全運転ではあった。ブレーキまで風魔法で再現している。

ギルドで査定と解体をしてもらっている間に、アーロンとブライトは果実水を飲みながら露店市で植物の種を見ているハロルドを眺めていた。アーロンは「流石に薬の材料を供えるのはやめとけよ」と声をかけた。そのため、ハロルドは何か良さそうなものを見繕っているところだ。そこで育てようとするあたりに「種から育てた方が安い」という謎のこだわりを感じる。手間を考えると本当にそうなのか、とアーロンは割と悩むところである。

アーロンは悩んでいたけれど、ハロルドは自分が育てた花が花屋で買うよりも品質が良いことを知っていた。緑の手はON／OFFの利かないスキルだった。適当に種を蒔《ま》いて水をやっているだけである程度美しい花が咲くことを経験上知っている。女神はその辺で摘んだり買ったりした花を喜ばないのだ。一度やった時に「手抜き!!」とわざわざ夢に現れた。

（ある程度守ってくれてるらしいけど、面倒だよな）

説明が面倒で安いから、などと言っているが女神が満足しないので仕方がない。そんなことを思いながら、渡した花のお礼を言いに来るフォルテが花を抱えて嬉しそうに微笑むので「まぁ、いいか」と続けているあたり、ハロルドも人がいい。

新しく召喚された〝聖女〟とやらが第二王子までたらし込んで新たな災厄となろうとしているらしく、その尻拭いで大変らしいので労《ねぎら》いという意味でもこれくらいの手間ならばと受け入れている。

育てやすそうなものを幾つかと、興味のあるものも幾つか購入する。

一仕事終えた、と思っていたらハロルドの分の果実水を渡された。ありがたく受け取って、代金を渡そうとしたら、「これくらい、別にいいよ。いつもお前の野菜食ってるし」とアーロンに止められた。

査定と解体が終われば、換金分と肉をいくらかもらって足りない野菜なども買い込む。その後、寮の厨房《ちゅうぼう》へと集まった。他の者たちと時間がずれたのか空《す》いていて、三人は顔を見合わせて準備を始めた。

「ハル、野菜の皮剝《かわむ》き任せた」

「わかった。あ、そうだ。これ使ってみて」

アーロンはハロルドから受け取った白い粉に首を傾げた。「何だこれ？」と尋ねた彼に「塩擬き」とハロルドはにこやかに告げた。

「やっぱりしっかりした味付けのものが食べたいからね。こっちに来てからも調べてたんだよ。そうしたら、人体に無害で限りなく塩に近い味のキノコがあるっていうからさ」

ハロルドは特に日本食にこだわるわけではないけれど、気軽に調味料が手に入る国の記憶があるからか素材の味!!　という食生活からの脱却を目指していた。

平民には塩も砂糖も高級品だ。使う量を少なくして節約しても不味《まず》いわけではないけれど、臭みが取れなかったり、味がどこか物足りなかったりすることはそれなりにあった。例の胡椒《こしょう》擬きで肉の臭みはだいぶマシにはなったけれど、可能であれば他のものも手に入れたいと思うのは仕方のない話だろう。

もはや執念である。

多少、面倒だろうが平民であっても幅広い料理を食べたいと研究を重ねていた。とはいえ、過去の日本人のように流石に毒のある魚やら芋やらを加工して食べられるようにするようなガッツはない。そこまでは食材に手をかけられなかった。

「火は用意できたよ！」

「……あー、ありがと。ブライト」

ついにやりやがった、という目で友人を見ていたアーロンは、ワクワクと鉄板と火を用意して待っているブライトを見て我に返った。

「まぁ、食うもんは美味い方がいいわな」

研究熱心な友人と安全な料理に飢えた友人の準備したものを、彼はとても美味《おい》しそうなチキンステーキとシチューにして活用した。

ハロルドはステーキソースの調合を、薬を作るかのような真剣さで考えているし、ブライトは「おいし～、さいこ～」と喜んでいたりするので彼らの料理は毎回バージョンアップしていく。

三人の休日は割とこんなものだった。


学園生活にもだいぶ慣れた。質問をしに来ていたクラスメイトも文字を覚え、自力で勉学に励めるようになってきた。

自分が担当しているクラスの平民が成績を上げているということを周囲に褒められてご満悦の担任ではあるけれど、学園長には国からのきちんとした評価が届いている。加護を持つ少年についた護衛からの忌憚《きたん》のない意見には頭を痛めるしかなかった。

魔法実技の授業でハロルドたちは上位クラスの生徒と一緒になった。Ｃクラスとの合同授業になった理由は、実技担当教諭の一人がギックリ腰で起き上がれなくなったことに起因する。そのことで授業の一部を合同にする他なくなった。

二人一組になって、と言われると、ブライトともう一人が避けられていた。ブライトが避けられているのは、たまにやらかしているためである。折れた木を見て「次は我が身」と思った人間がいても仕方のない話だ。

もう一人はなんとこの国の第三王子であった。

ルートヴィヒ・クローディス・エーデルシュタイン。

側妃腹で婿入り予定の第三王子は婚約者に馬鹿にされたあげくに、勇者と浮気され、優秀な兄や姉たちと比べられてすっかりと自信をなくした少年だった。

母と同じ銀色の髪にアイスブルーの瞳、俯きがちであるからあまりそうとは思われないが、顔立ちは確かに父である王に似ていた。

「どっちがいい？」

「ブライトが向こうと組むっていう……怪我《けが》させたらやべーな」

「そうなんだよね」

貴族なんだからブライトとルートヴィヒが組めばいいと思ったアーロンであったが、一瞬で考えを改めた。ブライトは今にも泣きそうな顔だ。「弟が泣く寸前と同じ顔だぞ、アレ」とはアーロンの言葉である。

ハロルドとアーロンは顔を見合わせて、溜息を同じように吐いた後、二手に分かれた。

ハロルドがルートヴィヒ、アーロンがブライトのところへ向かった。

「ルートヴィヒ殿下、三人組で一人溢れてしまいまして……ご一緒してもよろしいですか？」

ルートヴィヒが顔を上げると、ハロルドはニコッと笑顔を作った。なぜだか知らないがこの王子には周囲に側近もいないようだ。

「私と組んでも、楽しくはないと思うが」

その口から出てきた言葉に「いや、授業が進まないからだよ」という現実的な言葉が出そうになったが、「そんなことはありませんよ」と穏やかに微笑んだ。

「私の方こそ、ご迷惑をおかけするかと思いますが、この授業の間だけでもよろしくお願いいたします」

そう返せば、視線を彷徨《さまよ》わせて戸惑うように頷いた。

ルートヴィヒの自信のない様子を怪訝《けげん》に思いながら周囲の反応も探りつつ課題をこなす。

授業の時間も終わりに近づいた頃、だいぶハロルドに慣れたルートヴィヒは、自分の知っていることを教えてくれる余裕も出始めた。その時だった。

「婚約者すら繋ぎ止めることができない落第王子のくせに」

小さな声で嘲るような言葉が聞こえた。誰が言ったかはわからないが、その直後からルートヴィヒの表情に翳《かげ》りが見えた。

（誰かは知らないけど、相手は王子だぞ？　身分をわきまえろ、身分を）

犯人はわからないけれど、少なくともルートヴィヒは自信がないだけで、授業に関していえば所々ハロルドに解説をしてくれるくらいに詳しくもあった。ハロルドは己が無知なだけかもしれないとも考えたけれど、平民の子どもにもわかりやすく説明をしてくれる王族が落第と呼ばれるのは腹立たしいし、なぜそんなことを言われるのか疑問だった。

「すまない。嫌な気分にさせたね」

「いいえ、私から見れば殿下は親切で優しく、優秀に見えます。落第なんて言うやつの気がしれない」

そもそも、本人に聞こえるようにそんなことを言う人間の品性を疑う。

（というか、婚約者を繋ぎ止める云々《うんぬん》って何だ？　相手は浮気でもしてるのか？）

そんなことを考えていると、ルートヴィヒは目をまんまるにして、それからどこか嬉しそうに「ふふ」と笑みを溢《こぼ》した。

そんな彼を見ながら「バカにされてるのに、呑気に笑ってるんじゃありません！」と言いたくな

るのはハロルドが三十路を越えた男の記憶を持っているからだろう。現代日本であり、家族であったならば、彼はきっと証拠を直接警察に持ち込み、頑張って相手と法律で殴り合っただろう。

この日を境に、元々みんなから敬遠されていたルートヴィヒはなぜかハロルドに懐いた。

その結果、彼の婚約者が2歳年上で、よりにもよってアレに引っかかっていたことを知り、うっかり「性病怖いから婚約解消する方がいいんじゃないかな」なんて考えてしまった。

幼馴染の母親に手を出すくらいなのだから、年上が好みなのかと思っていたけれど、ある程度容姿の整った女ならば誰でもいいのかもしれないとハロルドはちょっぴり気分を悪くした。

「まぁた、お前かよ……」

そしてロナルドを思い出しながら「勇者がなんぼのもんじゃい！」という気分になった。国が頭を抱える存在であるので、厄介なほど力が強いのだろう。

マラカイト公爵家の一人娘だというルートヴィヒの婚約者は、丁寧に編み込まれた美しい緑色の髪に、藍色の瞳を持つ。

愛らしい顔をしているのにどこか毒を感じさせるのはハロルドが今世の母親のせいであまり異性に夢を見ていないからかもしれない。

一見すれば姫君のような容貌の少女は、軽く探りを入れただけでも地雷原みたいな女だった。

その女が幼い時から年下の婚約者の努力をせせら嗤い、プライドをへし折って〝何もできないお荷物王子〟という評価を作り上げたのだからタチが悪い。

「あんなのが王族の婚約者ってマジ？」

アーロンが開いた口が塞がらないといった様子で呟いた。

目視できる距離に婚約者がいるというのに、イベリア・マラカイトはロナルドと腕を絡ませ、蕩《とろ》けるような表情で話しかけている。笑みにすら媚《こび》を感じて、ハロルドは頭を抱えた。思い出されるミィナの態度の上位版であった。

せめてこちらに気づいていないといい、と関わり合いになりたくない彼らはアイコンタクトをして頷き合った。ルートヴィヒは「私はアレが婚約者なのだが……」と苦笑している。

「最近の上位貴族って品がないね。遠くからしか見たことないけど、僕の妹の方がよほど上品じゃないかな」

「お前、妹いるんだ？」

「うん。兄上と違って怒鳴らないから嫌いじゃない」

ブライトの嫌いじゃない、はイコール「興味もない」という意味だ。貴族家庭の闇を知りたいわけじゃないのに、最近ちょっとだけ垣間見てしまっているのは、知り合い、友人になった人間の身分がたまたま高かったからだろう。

そして、公爵家の一人娘の地雷っぷりは、ハロルドについていた影を通して王家に報告されていたりするが、それは彼らの知らない話である。

ちなみにハロルドたちが彼女について知ることになったきっかけは、少し前にルートヴィヒと一緒にいたらイベリアが彼に八つ当たりをしに来たからである。その際、ハロルドの美貌に目をつけた。わかりやすくしなをつくる彼女にルートヴィヒの目が冷え冷えとしていた。彼は自分よりも友人に被害が向かうことに腹を立てた。

ルートヴィヒは「なんでこんなやつに悪口言われて自信をなくしていたのだろうな……」と思いながら友人を見た。友人はさらにゴミを見るような目でイベリアを見ていた。口元は笑っているけれど、それがただの処世術であることはなんとなく察している。

迷惑になるから友人に近づくな、と注意をしたルートヴィヒにくすくすと笑いながら「まぁ、怖い」と言った婚約者の目は笑っていなかった。ルートヴィヒが婿入り予定であるからか、やたらと自分が上だと示したがる。

（よく考えたら私が萎縮する必要はないな？　婿入りした後ならまだしも、私の方が今の身分は上なわけだし）

ハロルドたちの成果とも言える思考回路である。あまりにも自己評価が低く、いつも俯いていたので三人で励ましたりしていた。

どうやったら婚約者にダメージを与えられるだろうか、と思い始めたルートヴィヒは悪くない。

よく考えずとも、幼い時の二年は大きな差だ。能力的にその時の彼が劣っていても仕方がないのだ。

試験の時だって前日に勇者の勇姿を見に行くとかで散々付き合わされ、体調が悪かった。無理をしたためか試験から帰ったら高熱が出て、数日寝込む羽目にもなった。

マラカイト公爵家は王城に人を送り込んで娘に都合の良い王子にしようとしていた。しばらく王族の婿入り、降嫁がなかったかの家は、自信を失《な》くし、頼れる者の少ない王子であれば、御しやすいと考えた。そのために、教育内容を変えたり、侍従や侍女などを入れ替え・買収して少しずつルートヴィヒの味方を減らしたのだ。王家がいくら身辺調査をして人を選んだとしても、金で動く人間はどこにでもいるものだ。

そうして、ルートヴィヒが婿入りをした後であれば、その血筋などどうとでもなると考えていた。

ところが、周囲にいる人間が替わったせいかルートヴィヒの考え方が変わりつつある。

マラカイト公爵家のそんな策謀は、ルートヴィヒに疑念を抱かせるに十分だった。この状況はおかしいのでは、と考えた彼は、少しずつ家族と歩み寄りを始める。

そうなれば、もうマラカイト公爵家の思うようにはならなくなっていく。

王城で金を握らせていた者たちと連絡が取れなくなり、ルートヴィヒ自体にも近づくのが難しくなっていった。娘であるイベリアはルートヴィヒに興味がないせいか、今の彼がどう考えているかを知ることもできない。

けれど、人間はそう簡単に大きくは変わらない。どうせ他に行くあてのない王子だ、とマラカイト公爵家は甘く見ていた。

その裏で、どんな存在がルートヴィヒに目をつけたのか、なんて知るよしはないのだから。


「まぁ、厄介なことになりそうなら少しくらい手を出しても構わないかしら。向こうのように〝お気に入りに手を出されて神罰〟のようなものではないのだし」

あのフォルツァートと違って、と女神はどこか怒りを宿したような目で下界を見つめた。

加護を加えた少年の住む国なのだから、できるだけ、かの神のやらかしによる被害は少ない方がいい。友人になったらしい少年の精神的な負担を、権能を使って少しだけ減らしてやるくらいは構わないだろう。そう思いながらそっとハロルドに祝福を足した。周囲にいる者にささやかな幸せが訪れるように。

「でも、この子……。まぁ、あの神が捨てるのならばもらっても構わないでしょう」

本当に資格があったのは誰だったのだろうね、とその唇が紡いだ。

中間試験の期間になって、きちんと勉強をしていたFクラスの面々はホッとしていた。成績が悪ければ進級ができない。多くの平民は留年した一年の学費を払うことすら困難である。それによって卒業ができず、力を取り上げられるのだ。安心するのももっともな話だろう。

特にハロルドは成績が良かったため、学年主任にこっそり呼び出されて褒められていたりする。

その上で、彼が図書室に貸し出し希望を出していた錬金術関連の本を「私のお古にはなるが」ともらうことができた。

学年主任は図書室で四人がコツコツと勉強している姿を見ていたので、彼らがお気に入りだった。四人とも成績は悪くない。

「向上心があるのは良いことだ」

ルートヴィヒも成績が今までになく伸びていて、無事「良い子枠」に入っている。わからないことは放っておかずに、ちゃんと質問に来る。教師からすれば可愛かった。

また、ルートヴィヒは「王城よりもまともな授業が聞ける」などと言い出して、学園で楽しくやり始めた。

側近などがついていないことを不思議に思いながら、ハロルドは「すみません、殿下と一緒に勉強してるので帰る時間が遅くなります」と連絡を入れた。そのことで、「なぜハロルドが連絡を？」となり、調査が入る。その結果、彼に少人数の護衛程度しか人がついていないことが発覚した。

「この状況で離宮にまで手を入れないといけないのか、俺たちは」

真っ青な顔で呟かれた言葉を宰相は同じ顔色で、若干気の毒そうな目を向ける。

賢者が暴れ回った後始末から始まった王位。多くの犠牲を払ってようやくそれを排除できたと思えば、隣国からやってきた聖女に国をかき乱された。そして落ち着いたかと思えば勇者が現れ、妨害し虚《むな》しく新たな聖女まで召喚された。なお、誰が近づけたのか第二王子といちゃついている。

王であるからこそ必死に、民のために働くのが務めである。王妃と側妃もまた同じように駆けずり回っているし、長男と次男も優秀だった。それゆえに、三男であるルートヴィヒは上二人よりは放っておいたが、ある程度、周囲に置く人間には注意した。

だが、まさか身辺調査も入った人間が簡単に買収されているなんて思わなかった。買収された人間が王位継承権三位の王族を虐げることは想定外である。自分の耳に入れば、確実に厳しい処分の対象となる。それをわかっているはずなのに、はした金で公爵家の思いのまま操ることができるように、教師の選定にまで不正を行う手伝いをした。「なめた真似《まね》を」とドスの利いた声が漏れる。

側妃であるルートヴィヒの母が大人しい性格だったことも合わさって、母親に似て引っ込み思案なのだろうと思われていた。そのことで発覚が遅れた。それもまた、彼らの作戦だったのかもしれない。近いうちに必ず報いを受けさせてやる、とリチャードは心に決める。

そのまま、肘を机について手を組んだ。深い溜息を吐くと、自然と思ったことが口から出る。

「俺も早く退位したい」

「そうなれば王太子殿下が過労死寸前から過労死になりますね」

「流石にこの状態を子どもに押し付けるクズにはなれん」

乾いた笑い声が執務室に響く。

王太子もまた、現時点で仕事に忙殺されている。

リチャードもまた、同じように神の加護を得た人間が国内で暴れている時に、王位を押し付けられた。だからこそ、息子には同じような苦労をさせるわけにはいかない。そう考えれば、逃げられなかった。

妃《きさき》の二人にも国内の社交に外交、奉仕活動なども含めた仕事を任せており、無理をさせている自覚がある。

元々大人しい性格だったルートヴィヒは親が必死に働いていることを知っているからか、周囲に侮られていることを相談しなかった。

ハロルドに人をつけなければ、ルートヴィヒの婚約者であるイベリア・マラカイト公爵令嬢の地雷っぷりは明らかにはならなかった。相手は己の息子。王子である。それを馬鹿にするような真似をしたのだ。それなりの報いは受けてもらわなければならない。

「今のままだと周りが勝手にルートヴィヒを蔑《ないがし》ろにした、自分たちの家は関係ない、と末端切り捨てで終わりそうだ。……しばらくは泳がすしかねぇよな」

「まずは殿下の身の回りの使用人や騎士を少しずつ入れ替えましょう。確実にこちら側の手勢だとわかる人間を選別しなければなりませんね。そして、正式な証拠を摑《つか》み次第婚約を破棄し、相応の罰を」

問題が増えながらも、その手は止まらないし、目も書類から離れない。

常に彼らの仕事は山積みなのである。

「試験期間も終わったし、稼ぎに行く？」

「行く。もうしばらく勉強したくねぇわ」

一方でさらっと友人の状況をその親にバラしたハロルドは、自由の身になったと伸びをするアーロンに苦笑していた。

勉強ができる環境自体は大変ありがたいことではあるが、それは「生きやすくするため」というだけで別に勉強が好きなわけではない。

「後期はこれに加えて実技もあるから、引き続き小まめに勉強しておかないと苦労するよ」

「わかってるって。俺だって留年したかないしな」

余裕ぶっているクラスメイト数人のようにお気楽にはなれなかった。

ハロルドは引っ越し資金も必要だからと立ち上がった。

彼はその金を国が用意してくれるとは思いもしなかった。だが、大人たちは「自分たちの都合だからな」と予算を組む気満々である。

冒険者ギルドに向かうと、いつも以上に賑わっていて二人は首を傾げた。

「ジュエルシリーズが出たぞ!!」

その言葉で理由がわかって、面倒な時に来てしまったかなんて思いながら建物の中へと入った。

——ジュエルシリーズ。

それは、体全体が宝石のように輝く魔石でできた魔物のことだ。

この国の中にだけ現れるレア中のレア魔物。一体仕留めればしばらくは何もせずに暮らせるくらい高値で売れる。

「どうする？　やるなら出ない場所を教えてもらって行くしかないな」

「小さけりゃなんとかなるかもしれねぇけど、大物だったら手に負えない。今日はやめとくのが無難かもな」

宝石の名に違わぬ輝きと頑丈さ。そして内包する魔力はすこぶる強い。その身体自体も素材として優秀だが、その体内から追加で魔石が取れれば、更に天井知らずの値がつく。

小さくても馬鹿にできないが、小さい方が凶暴性が低くいざという時逃げやすい。

運がないなと二人して溜息を吐いて、来た道を戻ることにした。

二人は無理をしてまで稼ぐつもりはなかった。一応、余裕を持って資金を運用している。

「夏になったら帰省もするし、こういう予定外は困るよな」

「そうだな。早めに討伐されるといいけど」

ハロルドの警護をする人間からすれば「いや、本当にありがたい！」という感じである。

一方で勇者の力を持つ少年は意気揚々と討伐に向かったらしいので、彼の担当は冷や汗ものである。


実際にその時現れた魔物は熊の成体ほどの大きさだった。高ランクの冒険者も招集されて一部地域は閉鎖されるほどの騒ぎになりつつあった。

ハロルドたちの実力は年齢を考えれば優秀と言っても差し支えないものではあったけれど、それでもそこまで強い魔物を倒せるような実力ではない。また、アーロンはともかくとしてハロルドは戦闘スキルを持っているわけではない。鍛えてはいるけれど、剣の腕もまだそう良いものとは言えないし、弓は不得意である。

おそらく本質的に戦士ではないのだ。魔法があるから工夫をして戦えているだけなので、どんな魔物でも自分ならば倒せる、なんて思わなかった。

（かといって無双したりするのも俺の柄じゃないしな）

ただでさえ教会をなんとかしてもらっている身だ。それこそ強い武力や聖なる力とやらを持っていたら、教会もあれくらいで諦めはしなかっただろう。

最近では干渉が少なくなっているが、それはあくまで召喚された聖女に目が向いているおかげなので油断はしないでほしいと言われている。

「予定空けてきたからな……。何する？」

「帰って本でも読むかな。アーロンはどうする？」

「俺も復習でもすっかな。期末の結果が悪かったら補習で帰省できねぇしな」

母親や弟妹が心配なアーロンは、長期休暇くらいは確実に戻りたかった。その気持ちもわかるので、ハロルドも頷いた。

帰ってから鉢植えを見ると、最近買った花の芽が出ていた。

「あ、芽が出てる」

「普通に育てりゃ、普通に出るだろ」

「いや、花屋さんがどうやっても芽が出ないからってタダでくれたやつだったんだけど」

「なんでそんなもん育ててるんだ？」

アーロンの問いに「興味があったから」と返して、「本当に花なんか咲くのかな」と思いつつ本を机の上に載せた。

何でも、水晶のような美しい花が咲くらしい。不思議な種子だし、そんな花があるだなんて眉唾ものではあるが、少しだけ楽しみだとハロルドは笑った。


ハロルドは目立つ。

平民でありながら、ほとんどの貴族よりも美しい容貌を持つ少年。そんな彼を手に入れたいと願う者もそれなりにいた。あまりにもしつこいため、アーロンなんて「これだけ付きまとわれたり、ナンパされたり、ちょっかいかけられるなら普通の顔の方がマシ。普通が一番」と言うほどだ。モテたいという願望もなくはない少年がそう言い切るほどにハロルドは大変な目に遭いながら日常生活を送っていた。近くにブライトやルートヴィヒがいるから何もできないだけだ。

ハロルドが食堂へと赴けば、彼から言質を取ってやろうとする獣のような目のご令嬢に出会《でくわ》すこともそれなりに多く、徐々に食堂を利用できない状態となっていった。

「なんか、ごめん」

「ハルのせいじゃねぇしな」

「そうだよ。ピクニックみたいで楽しい」

「雨の日はサロンを使えるしな」

最初こそ、「王族用のサロンを使うとか嘘《うそ》だろ!?」と言っていた三人だが、二学年上の第二王子が婚約者を冷遇して聖女とサロンに籠もっているらしく「雨の日だけだからまだマシか。同性四人だし」ということで利用させてもらっている。

第二王子と違ってルートヴィヒは王と学園長から許可を取って一筆書いてもらっているので、非難されても傷にはならない。王としても神の加護持ちに要らないことを吹き込まれるより、真面目な息子と遊んでいてくれた方がマシであったりする。

「父もなぜか、ハロルドたちなら一緒でも構わないと言っているからな。煩わしければ今度からは天候関係なくサロンに入ってしまおう」

（多分、それってフォルテ様の加護持ちだからだろうな）

要らないことをしない、ということだけでお世話になっているのも申し訳ないので、疲労を減らす回復薬をお裾分けなどもしている。一瞬「これって賄賂になってる？」と思わなくもなかったが、その程度で優遇はされないだろうなと思い直す。

護衛がついたためか、成績が上がってきつつあるためか、ルートヴィヒを甘く見る人間も減ってきた。

「わかりやすく暴力と権力に弱いのは面白いよな」

「最近、ご機嫌伺いに来る者も多いよ。今更、私からの評価なんて上がるはずがないのにね」

「ああ。そういえば僕も、家の使用人とかがビクビクしながら寄ってくるようになったよ。今更何言われても、一番助けてほしかった時に助けてくれなかった人たちのことなんて、信用できるわけがないのにねぇ」

王子と伯爵子息の二人が笑っているけれど、言っていることは不穏だ。冷遇されていた人間にコソコソ近付く時点で「何か企《たくら》んでいます」と宣言するようなものだ。

そして、ブライトに関して言えば、そんな手のひら返しのせいで兄からの当たりが更にキツくなって面倒だったりする。伯爵家を継ぐつもりも、兄を追い落とし復讐《ふくしゅう》するつもりもないが、ブライトの兄はそう思わなかったようだ。

ブライトの兄は、交友が広がり、それなりに教師の受けが良い弟を見て己は努力をするのではなく、ただ妬んだ。昔からどうにかしてブライトを始末しようとしていた家族だったが、また過激度が増した。食べるものを与えなくなったりと嫌がらせにしては命に関わるようなことをしてきていた。

それでも今のブライトであれば彼の持つスキルの影響で多くの場合に、身体的な害はなかったりする。食事もハロルドたちとの交流のおかげで困ってはいない。それでも、使う金銭を減らされるのには多少困っている。今までは伯爵家の子息らしい装いだけはさせてもらえていた。外見さえ何とかなれば、虐待を疑われることはないと家族が思っているからだ。

けれど、力を制御できているのであればむしろ才能はブライトの方が兄より上なのでは、などと言ってくる親族まで出てきてからは今までよりもっと目の敵にされるようになった。実際にブライトの兄の成績は良くないし、甘やかされ、わがままに育った彼はとても伯爵になる器ではない。

「親に売られる前に除籍してもらわないとなぁ」

「売られるって誰に」

「なんか、どっかの未亡人とか行き遅れ令嬢に婿入りさせるって兄っぽいのが言っててさ。あの人たちが見つけてきた相手なんて良い人のワケないからねぇ」

「貴族コッワ」

鳥肌が出た腕を摩るアーロンに「まぁ、君たちと出会ってなかったら、こういうことも考えすらしなかったんだけどね」とブライトは苦笑した。

殺せないからと厄介払いの方法を考えている様子だけれど、ブライトがその気になれば全部を擲《なげう》って逃げられるとまでは思っていないようだった。

ただでさえ、ベキリー伯爵家の内情は良くないという噂も出ている。

ルートヴィヒも少し困ったような表情になる。

「このままあの女の家に入るかはわからないが、私はどこかに婿入りすることにはなると思う。媚を売っても仕方がないと思うのだけれどね」

「どうだろう。ルートヴィヒ殿下の場合、能力さえ示せれば爵位もらえそうな感じもするけど」

「それには何かしらの功績を立てる必要があるが……うん。まぁ、試してみてもいいかもしれない」

ハロルドの何気ない言葉で「あの女と別れられるならそれもありだな」と思いながらルートヴィヒは顔を上げた。

イベリア・マラカイトと結婚しようものならば、勇者の子を自分の子だと偽る可能性だってある。王家の血を謀られてはたまらない。実際、勇者にはすでに子がいるという噂もあった。過去に降嫁した王女の血筋ゆえの公爵家だ。血自体は非常に薄まっているが、ルートヴィヒの子とされれば、兄たちの婚姻やその子どもが生まれるかどうかによって王位継承権だって関わってくる。

アーロンはチラリと友人の顔を見た。

その表情は明るくはない。寮で友人は「このまま卒業したら囲われそうで怖いな」と呟いていた。こんなことを考えてはバチが当たるかもしれないが、友人のことを考えれば、それまでに少しでも顔の造形が変に育ってくれた方が平和な気がしている。

たまにハロルドがモテることを羨ましく思うことはあった。けれど今の状況を見ていれば「普通の面で良かった」としか思えない。

普通というのは、神からの一番のギフトかもしれない。アーロンはそう思いながらパンを口の中に放り込んだ。

育てた花を切って花瓶に生ける。それを神棚の前に供えて祈りを捧げる。その光景は一枚の絵のようだ。

女神像なども作るべきなのかもしれないが、ＤＩＹ的なものは少し齧ったことがあっても、彫刻などはやったことがない。

たまに女神は夢の中で干渉してきて、「信仰が足りない!!」と嘆いている。ハロルドは理由や効力を知らないが、信仰の有無は神にとって大きな問題であるらしい。

窓から吹き込む風は生暖かく、夏の訪れを感じさせる。

(長期休暇明けには家が用意できるらしいけど、神棚どうしようかな)

ハロルドが多少器用であるとはいっても、新しく作るのは面倒だ。

誰もいないことを確認して一つ頷き、窓とカーテンを閉めた。扉の鍵はハロルドの身の上では防犯上必須なので必ず施錠している。

「収納《ストレージ》」

花を避けて神棚に手を翳す。淡い光が神棚を包むと彼の手に銀の鍵が現れた。

呟くと、神棚を包む淡い光が霧散して同時にそれも消える。

終わると同時にカーテンと窓を開けた。

ハロルドの異空間収納魔法は鍵の形をとっている。倉庫をそれで開け閉めしているイメージが彼にとって一番使いやすかった。

――魔法の力とは即《すなわ》ち「魔力量」と「イメージ力」である。

それがハロルドの結論だった。

冒険者ギルドでの説明は何とも科学的であったけれど、それは説明する人間がイメージしやすかった、または科学の力を利用する方が使う魔力量が減るということを知っていたからだろう。

何も知らなければ魔法は、全てを己の魔力で補う必要がある。つまり、使える魔法は全て個人の魔力量によって変わってくるのだ。器が大きければ強大な魔法が扱え、小さければ生活に必要な程度の魔法を使うのがやっとになる。

それを補うのが「科学」と「イメージ力」だ。

火の魔法であれ周囲の酸素を活用し、魔力で燃料と熱を加える。水素と酸素の混合気体を知っていれば、2000℃以上の熱だって再現できるだろう。

そして、それだけでは「攻撃魔法」としては少しお粗末だろう。どんな形態で、どのように活用するか。どんな効果が出るか。そこに関わってくるのは「イメージ力」である。

「魔力量」と「イメージ力」のみでの魔法に比べて、そこにこの世界の環境（酸素、土、空気中の水分など）と科学を利用した場合の魔法は、その力を利用した分、消費する魔力を抑えることができる。長期戦などでは、そのあたりも鍵になってきそうだ。

転生者や異世界人がそれなりに訪れているとはいえ、ハロルドたちの世界にある科学的なことが、全てこの世界に伝わっているわけではない。実際にハロルドの前世は普通の会社員である。興味があることや、仕事で使っていた知識、大学生までに習った知識しか知らない。伝わっていることもあれば、誰も伝えようとしなかったこともあるだろう。

（ま、俺は兵士とかになるつもりはないし、王様たちもそういうの困るだろうけど）

いくら女神フォルテの力が主神である男神フォルツァートより弱いとはいっても、加護を得ているものが野垂れ死にでもすれば、神はすごく怒る。とても怒る。

それでも、フォルテ曰くフォルツァートが原因でハロルドが死んでも報復は難しいらしい。それだけ信仰の差が大きい。

元々は対の神として生まれた二柱の神は、人間が増えるにつれて生まれた争いの結果、「創世の神は男神のみとした方が威厳が生まれる」という当時の支配者の謎の理屈でフォルテは立ち位置を落とされた。

そこからジワジワと差が生まれて、今ではフォルツァートに対抗できるほどの力を持つ神はいなくなった。だからこそフォルテは信仰を少なからず増やしてくれているハロルドを気に入っているのだろう。

「ハル、時間だぞ」

「わかった」

アーロンに呼ばれたハロルドは鞄《かばん》を持って部屋を出た。

「俺らの名前じゃ実技用の練習室とかなかなか予約できねぇのに殿下の名前だと一発なの、すげぇよな」

「仕方ないと言えば仕方ないけどね。俺たちに配慮してもリターンがない」

肩を竦《すく》めてそう言うと「教育機関なのに」とアーロンは唇を尖らせた。

将来、国の中枢に関わるか否かということや、爵位というのは教育者になった彼らにとっても重要らしい。研究費用や寄付などにも関わってくるため、仕方のない話ではある。

幸運と言って良いのか、ハロルドたちには権力者の友人ができた。そのことによって平民であることによる不利益はなくなっている。多少、何かしらの妬みは受けるけれど、それはルートヴィヒが注意してくれるので何か言われることも少ない。

「私を〝使えない者〟として扱ったくせに、ハロルドたちと友人になったから自分たちも簡単に近づける、王族と仲良くなれるなどと思われるのは愉快とは言えないな」

最近、仕事をサボりがちな第二王子のせいで公務が増え、その存在が目立ち始めたルートヴィヒは割と目をつけられている。

婚約者を同行せずに茶会やパーティーなどに出席するため付け入る隙があると見られていた。付け入る隙を狙うのであれば、ハロルドたちと出会う前にすり寄るべきだった。

時間が過ぎるのはあっという間だな、とハロルドはペンを置いた。

今は期末試験。あとは終了時刻の鐘が鳴るのを待つのみだ。

期末試験で平均点以上を出せば無事に家に帰ることができる。

出稼ぎに行って帰ってこない若者も多いと聞くが、ハロルドは田舎の方が気楽だった。人の目が多くないというだけで面倒が少ないのだと、王都に出てきて改めて思う。

実技の試験は落ちることがないだろうと考えているけれど、この世界について詳しいわけではないので、筆記の見直しは必須だ。

鐘が鳴って時間が終わると、ホッとしたように息を吐く。

席を立つと、アーロンが嬉しそうに伸びをしていた。

「思ったより簡単だったな。実技は自信あるし帰れそ～」

「そういえば、それなんだけど」

ブライトが少し言いにくそうにしていたが、やがて覚悟を決めたように頷いた。

「僕も、ついていっちゃダメかな!?」

「は?」

「え?」

ブライトの申し出に二人は目をまあるくする。

「あとで理由は話すから」と言う彼にハロルドは「理由を聞いてからね」と告げた。

クラスごとに実習場を分かれて魔法の実技試験は行われている。

4年に上がれば能力差や志望する学科によって校舎が分かれたりもするので、これだけ人数が多いのはこの三年間のうちだけだ。

2クラスずつ分かれて試験を行っており、FクラスはCクラスと合同だ。いつもの四人で集まって座っていた。ルートヴィヒは早々に終わったのですでに観戦気分である。

「Fクラスの者たちもほとんどがコントロールがしっかりしているな」

勇者のように剣と魔法で国に認められて身を立てる野心を持った者たちよりも、一生懸命に勉強に励んでいた者たちの方が魔法の大きさ、精度などで合格ラインに立っているのは皮肉である。また、最初からある程度できた者たちとの差も縮まってきている。

「生活がかかってるからな。文字っつー最大のハードルを最初に越えてしまえば、あとは自分の努力次第だ。卒業できれば、それこそ仕事の幅が広がる」

「最初が一番辛《つら》いよねぇ。僕もペン持てるようになるまでが一番辛かったかも」

「それは文字以前の問題だろう」

呆れたようにそう言うルートヴィヒに「そうでもないよ」とハロルドは以前のブライトの様子を聞かせると、ベキリー伯爵家にドン引きしていた。

どんどん通常の暮らしができるようになってきているブライトではあるが、今も彼の身が無事なのは「頑丈」という常時作用型のスキルを持っているためである。このスキル故に毒を使われてもなかなか死なない。そして段々と耐性がついて多少の毒であれば口にしても大丈夫な域にまできてしまった。

怪我をしても治りが早いなど、利点が目立つが、一方でこれはブライトの精神を苛《さいな》んだ。

――これは本当に人間と言えるのか？

「まぁ、ブライトが大凡《おおよそ》の人より善良なことに生家の人たちは感謝すべきだよな」

ハロルドの言葉に我に返る。

そして、彼は苦笑した。

自分の善性を信じてくれる友がいるから、人でいられるのだ。

ブライトは、名を呼ばれて「行ってくるよ」とひらひら手を振る友人を見送りながら、「ハロルドくんには負けるよねぇ」と呟くと、アーロンとルートヴィヒは静かに頷いた。

ハロルドは深呼吸をすると、設置された的を見て手のひらを向けた。

教師からの合図が出た瞬間に課題通り、小さな火の玉を作り的に当てていく。

ハロルドの手から放たれた火を見て笑う者もいたが、教師はそれを醒《さ》めた目で一瞥《いちべつ》し、「よろしい。戻りなさい」と告げた。礼をして戻れば、「あんなショボい魔法じゃな～」と嗤う声がする。

（どういう意図の試験か説明受けてるはずなんだけど）

気にする様子が微塵《みじん》も見られぬハロルドの後に呼ばれた生徒は、派手に大きな火の玉を飛ばして、得意げに「あれ？　何かやっちゃいました？」などと言っている。教師は慣れたようにその生徒の魔法の精度の欄に最低評価を書き入れた。

その魔法はそのままあらぬ方向へと飛んでいき、火の玉はハロルドの真横へと向かっていった。それを「邪魔」の一言で風の魔法を使って上空へと吹き飛ばす。

「危ないなぁ」

圧倒的なまでに緻密な魔力コントロールに試験官は目を見張った。

（学年でも……いや、学内でもここまでの使い手はそういないぞ）

試験官はハロルドの試験結果のコントロール評価を最高評価に書き換え、特記項目に事故のことハロルドがその行いによって三人の女子生徒を救った件を書き加えた。

何があっても対処できるように人員配置はしていたけれど、彼らが解決する前にハロルドは片手間で弾《はじ》き飛ばした。素晴らしい才能だ、とその将来を楽しみに思う。

試験において重要なのは「的が壊れるだけの強さ」と「確実に的だけを壊すこと」である。周囲に危険性を与える魔法使いを減らすために入学が強制になっているのだ。それをわざわざ破壊に寄せているのは悪質だという判断だ。評価と心証が悪くなっても仕方がない。そして、そのことをわざわざ教えてやる人間などあまりいない。

彼らの試験の様子を上階から見つめる目があった。

光の加減で赤にも見える茶色い髪に緑の瞳。精悍《せいかん》な顔つきではあるが、その腕に摑まっている女の姿で台無しだ。

(相変わらず、顔の割に地味だな)

ハロルドを見つめる瞳にはどこか嘲りの色が見える。

少年の名はロナルド・アンモライト。

勇者というジョブスキルを持つことで姓を与えられた、ハロルドのかつての幼馴染である。ハロルドの母とやらかしたことで、彼は故郷であった村を捨てることになった過去を持つ。


容姿をひけらかして異性に寄生して生きる両親を持った割には。

その美貌を受け継いだ割には。

ハロルドという少年は堅実でそれを利用なんてしなかった。

「可哀想に。あの子はあんなに良い子なのに」

両親の言葉を思い出し、鼻で笑う。

——利用できるものを利用しないなんて、愚かじゃないか。

そんなことを思う。

思えば、前世の自分がそうだった。ロナルドは苦々しい記憶を思い出し、ハロルドから視線を外した。

ロナルドには前世の記憶がある。

大学生だった青年の、呆気《あつけ》ない人生の記憶だ。

前世の彼は、ある日突然、突っ込んできた無人の車に轢《ひ》かれて死に、そして神と出会った。

その神は、ロナルドに望みを叶《かな》えようと言った。その上、これからの人生を謳歌《おうか》できるようにと加護を授けた。あるべき人生を奪われたのだから当然だと神は言った。

だから、どこにでもいる只人《ただびと》ではなく、唯一無二の〝特別〟を望んだのだ。

実際に、その効果は素晴らしいものだった。少なくとも、彼にとっては。

「綺麗な男の子でしたわね」

艶《あで》やかに笑う公爵家の令嬢の腰を引き寄せて、「浮気?」と問うと、彼女は頬を赤く染めて「一番素敵なのは勇者様に決まっているではありませんか」と答えた。

腕の中にいる少女……このイベリア・マラカイトに好色の気があることには気がついている。

だからこそ遊び相手としてそばに置いた。第三王子の婚約者だというのに、自分の欲に忠実すぎる彼女は、すでに悪い意味で女を武器にしている。

そんなイベリアにしては初心《うぶ》な反応に気をよくして、ロナルドは口角を上げた。

しなだれかかるイベリアを見つめながら、そう言えばと思い出す。

自分の母と同じくらいの年齢にしては美しかった女のことを。

ハロルドの母は外見だけは美しい女だった。

村の異性に寄生して生活をしていた彼女は、ロナルドとの関係がバレると、流石に子どもに手を出す女には関わりたくないと一気に関係を切られた。ほとぼりが冷めるまでと逃げ出した彼女は、近くの町に辿り着く前に捕まって奴隷として売りに出された。

偶然に見つけた時にはかつての美しさは衰え、髪や肌はボロボロ。変な湿疹《しっしん》まで出ていた。

縋りついてきたので、汚らしくて蹴り飛ばしてしまったのは仕方がなかったと笑った。

所詮、ハロルドもその母も、自分のように神に選ばれた人間とは違うのだ。

彼は視線を外し、興味を失ったように、寄ってきた数名の女生徒と一緒に教室から出て行った。

「率直に言うと、兄上が爆発しそう」

ブライトの言葉に三者三様に何とも言えない顔をした。

ハロルドは「襲い掛かられたら、誤って殺しちゃいそうだもんなぁ」とブライトの一番言いたいことを考えていたし、アーロンは「いつも通りじゃね?」と思っていたし、ルートヴィヒは「伯爵家を継ぐ人間が、弟に〝理性も何もない判断をする〟と断じられているのはよくないな」と呆れていた。

「僕もね、別に殺したいわけじゃないから」

ただでさえ化け物扱いをされているのだ。兄と衝突して殺してしまうようなことがあれば、自分は処刑に追い込まれる可能性もある。自分が出て行った後に彼らがどうなろうが知ったことではないが、巻き込まれるとなれば話は変わってくる。

領地から届く嘆願の手紙すら読まない者たちだ。そのうち落ちぶれるに決まっている。そんな彼らのために自分の人生設計を崩されたくはない。犯罪者にされたくはなかった。

「僕は、勝手に家を出て、自力で、辿り着く。保護して」

重要なことだ、と細かく区切りながら話すブライトの目は真剣だ。

暗殺者を返り討ちにするのは「仕方がない」で済んでも身内殺しはそうはいかないとブライトも必死である。


「俺たちは今の話は聞かなかった」

少しだけ考え込んでいたハロルドは顔を上げてそう言うと、ブライトが絶望感に満ちた表情になる。久しぶりに泣きそうだ。

「でも、帰った後に偶然友人が遭難しているところを見れば助けざるを得ないかな」

その言葉にルートヴィヒも「そうだな、それは仕方がないな」と頷いた。

ハロルドだって、伯爵家子息を誘拐した、だなんて言われたくなかった。なので彼も予防線を張っておく必要があった。

「私も偶然遭難できれば面白そうなのだが、そのような身の上ではないからな」

ルートヴィヒは第三王子である。最近では側付《そばつ》きが替わったこともあってか、だいぶ明るくなった。それに加えて、第二王子が聖女にのめり込んでいる影響からか、王家の教育係まで真っ当な者に替わっている。

今では、始めから相談しておくべきだったか、と考える余裕があった。

「そういえば、ハルが追加料金が必要で、結構値段が上がるのに、馬車のグレード上げたんだよな。どう思う？」

「ハロルドくんが乗るなら正解だと思う」

「ハロルドがどこぞの愚か者に囲われるよりは、良いのではないか？」

顔が良いだけで結構な人数に目をつけられているのを知っているのでブライトとルートヴィヒは迷いなくそう告げた。

アーロンは「マジ？」と呟くと、「世の中にはお前が思うよりも、一時の欲で馬鹿なことをしでかす人間がいるのだよ」とルートヴィヒがしみじみと答えた。

アーロンもある程度は知っているが、王家もドン引きするレベルでハロルドたちの部屋に侵入しようとする者は多かった。それこそ老若男女問わず。同部屋であるアーロンも「王家が後ろについてよかった」と思わずホッとする検挙率である。

中性的な美貌を持つ少年は、ある種の人間を狂わせた。魅了でも持っているのではないかと勘繰るレベルである。実際にはそんなスキルは持っていない。

けれど、幼い時から周囲を警戒して生きなければいけなかったハロルドは、この点については王家の護衛がついていることに関して非常に感謝している。

「トチ狂った人間は何やらかすか想像つかないから念を入れただけだよ」

笑顔のハロルドは過去の経験上、そう言って微笑む。

そして、ハロルドの「報告・連絡・相談」は王家に思ってもみない効果をもたらして感謝もされている。

何か褒美を、と打診された際に女神の信仰を増やしたいと言うと、褒美にと用意された予算を使って神殿が改築されることとなった。ウィリアムが張り切っている。

目立ちたくはないが、女神の信仰が増えて力が増せばそれだけハロルドの身は守られる。

昨今の神官よりもよほど敬虔な信徒らしい言葉に評判も悪くない。

フォルツァートが選んだ勇者と聖女が暴れているので妙なところでフォルテへと信者が流れていたりもするがそれは彼の知らない話である。

そして、フォルテへの信仰が高まれば、自分の力が増すことなんて彼は想像すらしていなかった。

三章

一部の者は補習で学園に残ってはいるが、ハロルドたちはそれなりに優秀な成績で夏季休暇を迎えた。

すでに荷物は纏《まと》めていて、馬車の到着を待つだけだ。アーロンには内々に「休みが明けたら、国の用意した家に住むから、荷物全部持って帰ってくれ」と頼んでいる。友人である自分に「俺を、一人にしないでくれ」と青い顔で言われたアーロンは、ハロルドが王都でそれなりに怖い思いをしていたのを知っているため、承諾した。弟妹がいるだけあって彼は面倒見が良かった。

御者に挨拶をして馬車に乗り込む。

基本的にハロルドは自分でできるところは自分でやるタイプだ。自分がただの平民だと考えているため、元々出ている国からの補助金に加えて追加料金を払って馬車のグレードを上げている。王家から見れば、本来ならふんぞり返って「リゾート地に滞在する。最高級の馬車を用意しろ。料金は全て国が賄え」なんて言われてもおかしくない人物だ。

ハロルドの態度は非常に謙虚であると好意的に見られた。勇者や聖女の高慢さを見た後であるから余計にそう思われた。彼の計算外である。

ハロルドは「なんでかはわからないけど、女神に気に入られてるだけの転生者だしなぁ」という自己認識であるが、そうでない人間の方が何故《なぜ》か多かったせいで加護持ち＝わがままの方程式が成り立っており、特に何をせずとも接する人間からの好感度を稼いでいる。

「それにしても、良い馬車って中の椅子？　クッション？　からして違うんだな」

「馬車の基本料を払ってもらってなかったら一生乗る機会なかったかもな」

呑気《のんき》にそんなことを言いながら、彼らは家に帰ってから何をするかについて話し合っていた。

その後に、馬車の揺れはあるけれど、まだ終わっていない課題に必要な勉強をしていた。

宿に泊まれる日などはそこで課題を進めた。

魔道具がある程度広まっている世界なので、夜でも明かりがあるのがありがたい。魔石が安価に流通しているため、田舎でも火を灯《とも》して生活している者の方が少ない。

順調に旅を続けて一週間が過ぎようとしていた頃だった。目の前で馬車が襲われており、騎士らしき人たちが応戦していた。

「助けに行ってください」

ハロルドが御者と二人の護衛にそう言えば、彼らは頭を下げた。「かしこまりました」と告げて剣を抜いて走っていく。

アーロンはハロルド作の守護呪符を発動させて、馬車は白い光の膜に包まれた。

「ルートヴィヒ殿下の光魔法を見本にしたんだけど、緊急時でも上手《うま》く発動してよかった」

「余裕がある時と、実際の緊急時だと、発動するかどうかって結構変わってくるもんな。つーか、あの人、絶対ただの御者じゃねぇなって思ってたんだけど、めちゃくちゃ強くねぇ？」

こっそりと覗《のぞ》いた窓から見える御者&護衛の活躍に、アーロンはひゅう、と口笛を吹いた。

「多分、国が派遣した人だと思う。一応、帰る日とか乗る馬車を報告してきたから」

「加護持ちってよっぽどすげーんだな……」

「俺はよく知らなかったんだけど、加護持ちに何かあると、神様がガチギレするんだって」

「ああ……。バリスサイトの悪夢とか有名だよな」

〝バリスサイトの悪夢〟。

賢者の幽閉によって腹を立てたフォルツァートの神罰が、始めに落ちた土地がバリスサイトである。

枯れ果て、朽ちていく大地の恵み。その様子がまるで悪夢のようだった。教科書にすら記載されているその記述にドン引きする平民は割と多かった。

他にも何件か教科書に載るレベルの災厄がもたらされている。


音が静まって外を覗くと、御者と護衛と騎士に囲まれて美女と美少女が立っていた。不安そうに震えている二人は貴族……それも位が高い人たちだろうかと推測する。

「お待たせいたしました」

「いえ、怪我《けが》をしている方にこれを。あとは向こうの馬車は無事ですか?」

「それなのですが……」

話していると、美女がハロルドたちの馬車に近づいてきた。

「女神フォルテ様の愛し子《いとご》様にはお初にお目にかかります。わたくしはエヴァンジェリン・マーレ・エーデルシュタインにございます」

礼をとる美女の名前に聞き覚えのあったハロルドとアーロンは顔を真っ青にした。

その名は、彼らの友人、ルートヴィヒ・クローディス・エーデルシュタインの母の名であった。

名乗られた二人は、「息子さんにお世話になってます」という気持ちも込めて馬車から降りようとしたけれど、護衛に止められた。エヴァンジェリンの後ろにいた少女の存在も、止められた理由の一つかもしれない。

仕方なく馬車の中から自己紹介をして、事情を聞く。

その結果、割と胸糞《むなくそ》悪いことが発覚した。

王城に我が物顔で居座る聖女とそんな彼女にデレデレな第二王子の態度があんまりなので、第二王女が少し注意をしたら、見事に聖女に嫌われた。その結果、聖女が「第二王女が気に食わない」と言ったせいで暗殺者に狙われることになったのだ。気に食わない、だけで死ねばいいのにだなんてことは言っていないが、その意を汲《く》んだという形で動く者もいた。

第二王女は勇者にその容貌を気に入られてしまったこともあって、その身を望まれないうちに消してしまおうと考える者たちもいる。仮にも王女の命を狙うなど、あってはならないことである。けれど、第二王女に手を出されて、勇者の血を引いているからと二人の間にできた子を、担ぎ上げて国政に干渉されるようなことになれば厄介だ。手のつけられないような子が生まれても困る。

傍若無人な男の血を王家に入れたくないと思う人間はそれなりに多い。

そういった事情から、彼女たちは王太子が滞在している離宮へと避難している最中である。

なお、王太子は仕事が多すぎて、婚約者に逃げられたために第二王子が調子に乗っていたりする。

「今、無性に鍬《くわ》を持って大地と向き合いたい気分」

ハロルドは特に権力やらお姫様に興味がなかった。できることならば、ゆっくりのんびりと田舎の家で縁側に座って茶でもしばいていたい。そもそも、自分のそんな性格もあって、チートを望まず穏やかに生きたいと願ったのだ。親とフォルツァート絡みであまり叶《かな》っていないけれど。

女神も尊大な物言いで隠しているつもりだが、基本的に信仰が少ないが故に力が足りずフォルツァートほど人間に関われない。

どこか別の場所を見ているように笑うハロルドに「しっかりしろ」とアーロンは溜息《ためいき》交じりに頭

を一発叩《たた》いた。

「とりあえず、安全なところまで送り届けたいんですけど、料金に変更とかありますか？」

「いえ、それは国に支払っていただけますが……むしろ、愛し子様たちが大丈夫ですか？」

「ハロルドでいいです。友人のお母様と妹さんを放置する方が精神的にキツイです」

「それな。ルートヴィヒ殿下めちゃくちゃいい人だもんな」

真っ当に友情を築いているつもりの二人は、そのお母さんと妹が酷《ひど》い目に遭うかもしれない状況を憂いて頷《うなず》いた。ルートヴィヒの人徳である。

孤立していた王子様は、馬鹿にしてくる貴族を見限ることでゆっくりと成長していた。自分と同じく頑張る人というのは好感を得るものなのか、Ｆクラスの平民たちには結構好かれている。

「でも、男と同じ馬車はまずいよな」

「俺らまだガキのつもりだけどそれでもダメなのか？」

「俺たちと同じ年齢で、俺の母親と、俺の自宅で、お楽しみしていたやつがいるのでダメだと思う」

最悪なセリフと仄暗《ほのぐら》い表情でお出しされた情報に、周囲の時が止まった。

ルートヴィヒの宮廷ジョークと一緒に聞いたことがあるアーロンは「じゃあダメか」と言ってポンと手を叩いた。

「馬のケガを治せれば、ちょっと修理するくらいで馬車使えね？」

「見てみないとわからないな」

ちょうど、周囲に危険な人間がいないという報告が来たので二人はドアを開け、降りた。

「あ、これ馬に飲ませてください」

教科書に載っていた初級回復薬を渡すと、御者をやっていた男は護衛二人組と目線を交わして馬の方へと駆けていく。

ぐるりとエヴァンジェリンたちの乗っていた馬車を見て回って、壊れた部分を確認すると、ハロルドは「うん」と頷いた。

「壊れた扉部分と足場の一部を補修すれば、なんとか乗れそうじゃない？　俺たちの馬車にエヴァンジェリン様たちを乗せて、俺たちがこちらに乗ればなんとかなるかな」

「馬も交換した方がいいかもしれませんね。こっちの馬の脚で引かれると馬車が耐え切れず壊れる可能性があります」

いつの間にかエヴァンジェリンたちの騎士の一人も交じっていた。貴族の出とはいえ、その騎士の家はそこまで裕福ではない男爵家。しかも四男。自宅の修復などで駆り出されることもそれなりにあるので「確かに姫様とかが乗るんじゃなけりゃ、使えるかもな」と少年二人と一緒に見て回っていた。

仮にも加護持ちの御方《おかた》を、とか焦っている人間たちを尻目に、第二王女アンネリース・アビゲイル・エーデルシュタインはキラキラと輝く目で少年たちを見ていた。

友人の家族だから、という理由ではあるが。目の前にいる年上の少年たちは真摯にアンネリースとエヴァンジェリンを助けてくれようとしていた。旅をする上で大切な薬も分けてくれて、そのおかげで馬たちのケガも治っている。少し休めば出発できるくらいに回復するだろう。

だから、アンネリースも頑張りたいと思った。

「なら、わたくしは木を調達できますわっ!!」

あまり、人付き合いは得意でないし、アンネリースの未熟な所作を見た貴族たちは離れていった。召喚された聖女のあまりの横暴さに、王族として苦言を呈すれば、それが理由で命を狙われた。いっそのこと、話さない方がいいだろうと思って黙っていたけれど、これで何もしないのは誠実さに欠けると感じた。

アンネリースの提案に、「それは助かる」とハロルドと騎士が振り返ると枝を一本持ったアンネリースが地面にぐさっと挿した。

「大きくなぁれ！　大きくなぁれ!!」

枝に魔力を注ぐ小さなお姫様の姿が某となりの動物オバケ作品に出てくる女の子のようだったのでハロルドは少しだけほんわかした気持ちになった。

その時だけ、ちょっと魔法の存在を忘れていたため、次の瞬間には唖然《あぜん》とすることになる。

謎のダンスと共にニョッキリ生えてきた木はそんなに大きいものではなかったけれど、それでも修理には十分だった。

生やした当の本人は「チッ、シケた大きさですわねっ！」なんて言っている。お兄ちゃんの方とは違ってちょっとガラが悪い。ハロルドとアーロンは「えー……」なんて思いながら彼女を見つめた。

「あ、切る前に枝を頂きますわね！　そぉれ!!」

細めの枝を自らの手で、ばきりと折る姿を見たアーロンは「姫……？」と首を傾《かし》げていた。さっきまで怯《おび》えていた女の子とは様子が違う。どちらかというとその行動は故郷にいる彼の弟に近かった。

「申し訳ございません、愛し子様。その……アンネリースはお転婆で」

「いえ、元気で良いのではありませんか？」

元気いっぱいのお姫様を見ながらハロルドはにっこりとした顔で頷いた。逞《たくま》しそうだ。

完全に近所の小さい子を見るおじちゃん目線である。友人の妹ということもあって、病弱よりは元気な方がいいだろうと思っている。

恐縮するエヴァンジェリンをよそに、アンネリースはハロルドの気遣いと、自分に対して特に悪い感情を抱いていない様子に嬉《うれ》しくなった。アンネリースは、その身分の割にお転婆で、他の貴族から一歩引かれてきた。このようにありのままの自分を受け入れられたことはあまりなかった。

アンネリースは穏やかで優しいハロルドを見つめながら、薄く頬を染めた。

流石《さすが》に修理まではさせられない、と騎士たちも手伝おうとしたが、ＤＩＹ技術力がハロルドの方が高かった。

ハロルドたちの乗っていた馬車の御者や護衛も変装した騎士である。騎士という職業自体がここ数年、平民の合格者がいないため彼らは皆、貴族出身だった。貧乏な貴族ならまだしも、ある程度裕福な家庭の出身者が多いからか大工作業は不得意だ。

結局のところ、一緒に馬車の確認をした騎士とハロルドが修理をするのが手っ取り早かった。

そして、アーロンは少し離れたところで火を起こして食事の準備を始めていた。少し前に立ち寄った町で食材も購入しているし、ハロルド作のバッタモン調味料もあるので、彼らは保存食ではなく割とまともな食事にありつけている。

「わたくしは何をすればいいかしら！」

「座って待ってりゃいいと思いますよ」

スープの味見をしているアーロンを見ながら、騎士たちは切った木材を運ぶ。

平民二人組はゴーイングマイウェイだった。昼食ができたくらいのタイミングで「メシできたぞー」とハロルドたちを呼ぶ。

結局、火を囲んで昼食をとって、そのあと、そこまでかからずに修理は終わった。とりあえずの補修のみであったから、という理由もあるだろう。

キラキラとした目でハロルドに話しかけるアンネリースは、一緒の馬車に乗りたいと言ったけれど、許可は得られなかった。

「素人修理だから、底抜けたらヤバいし木材余分に持っときたいな」

彼女たちを送り届けたら、そのまま家に戻るつもりなのでそれまで保《も》てばいい、と言いながら彼らは馬車に乗り込んだ。

エヴァンジェリンも騎士たちも彼らの行動に「本当に慈悲深く、立派な方々だ」と感動した。本人たちが「友達の家族だしな～。親切にしときたいよな～」くらいの気持ちだったとしても、今までの賢者やら勇者やらが自己中心的な性格だったために感動もひとしおである。

「お姫様のイメージ変わるよな」

「友達の妹が体調崩して死にそうとかより全然気が楽」

「悪かったたって」

ある吹雪の夜を思い出した二人は、そのまま故郷に思いを馳《は》せて家族の話を始めた。


かつて王族が神の怒りを買った際、その土地には大いなる災いが起こった。

地にある作物は枯れ、水は干上がり、魔物が多量に発生した。

それを今では、この土地の名を取って「バリスサイトの悪夢」と呼ぶ。

その災いの影響は、今でもまだ完全になくなったわけではない。

災いが起こるまでのバリスサイトは豊かな農作物の生産地であった。天候による生産量の変動も少なく、国の穀物庫とも言える場所だった。

それ故に、ここに神罰が降り注いだ時王国は揺らぎ、王が交代する騒ぎにまでなったことは記憶に新しい。もし、この土地に偶然逃げ込んだ少女が緑の手を持っていなければ、この土地だけで神罰が止《とど》まることはなかっただろう。

王国は死力を尽くしたけれど、この土地を治めていた貴族や住んでいた住民たちは、国が賢者を厚く遇することがなかったせいだと恨んでいる。「厚く遇していても、国が保たなかったっつーの!!」という現王の叫びなんて民が知るわけがないのだ。

結局、国の有していた、被害が少なく実り多き土地へ領地替えになったその貴族とついて行った民たちは今もそこで暮らしている。

そして、新たに王領となったこの地を呪いなき土地にするというのは王国の悲願であり、放っておくと移住しなかった、できなかった民による反乱の危険もあるため、王太子がたびたびここに足を運んでいる。

「嘆願書に目を通すのが嫌になってきた」

過労からか少しくすんだ赤髪に深い緑の瞳、目の下にくっきりと隈《くま》を作った青年が呻《うめ》くようにそう言うと、「最近はしょうもないものが多いですからね」と眼鏡をかけた青年が溜息交じりに答える。

ただでさえ、先の王の時代からぶっ続けでフォルツァートの厄介ごとに巻き込まれて国が荒れている。

何かが起こるたびに飛び回り、問題を処理して回る。そんな暮らしが続けば、王太子が疲れ果て、その側近もまた同じく疲労困憊《ひろうこんぱい》であるのも仕方のないことだった。

青年、王太子アンリ・シャルル・エーデルシュタインはそのせいで、婚約者にすら逃げられた。

そんなある日のこと、ついに妹たちも勇者に目をつけられたと手紙が届き泡を吹いて一回倒れた。

彼のストレスは止まるところを知らない。

二人の妹のうち、嫌がった方の妹が側妃と一緒に避難してくると聞いて、こんな土地の方がマシだとされるのかと思った彼は悪くないし、報告を聞いているだけに「おれもそうおもう」と納得したのも自然だろう。

そうして無理をしながら国の仕事とこの土地の仕事を必死に捌《さば》いていれば、さらに胃を痛める報告と共に妹がやってきた。

「女神の加護持ちと、同行している?」

ふらついた彼を側近が支え、後ろにいたもう一人の侍従に「胃薬を!!」と叫ぶ。侍従は「今用意している!!」と叫んだ。

程なくして水と共に差し出された胃薬を見て、騎士は居心地悪そうな顔をした。

騎士たちはすでにハロルドたちに会っているが、「御者さんたちや馬の休憩が終わったら、早めに出て行きますので」と申し訳なさそうに言う姿は普通の少年だった。王太子らの反応の理由もわかるものの、「良い子だから安心してください……」という気持ちが強い。

「それで、要求は何だ」

「家に帰る準備ができるまでお世話になりたい、と仰《おっしゃ》っておりまして」

「一番良い部屋を……」

「いえ、緊張するので壊れものが少ない部屋を、とのご希望です」

その言葉に王太子は唖然としながら、ゆっくりと椅子に座った。

「あのゴミとは言うことが違う」

「殿下」

「神の加護なき土地だ。別に構わんだろう」

勇者をゴミ扱いしながら、彼は準備を始める。

姿を整えて、侍従と共に妹たちを出迎えに向かった。

友人の腹違いのお兄さんが来ると聞いて、平民二人組は緊張していた。

友人（王子様）の兄なのだから当たり前のように王族だ。しかも、エヴァンジェリンの話では王太子である。

国によっては王族よりも優先される神の加護持ちであるハロルドではあったが、その中身は平凡な一庶民である。元の世界でも、政治家などに会う機会なんて選挙期間に「よろしくお願いします！」と歩き回っている人たちと遭遇するくらいのものであった。

「どこかで一泊できればそれでいいんだけど」

「そんな施設なさそうだったからな」

特に説明がなかった上に、元々この地に来る予定ではなかったため、この場所が例のバリスサイトであるだなんて考えていない。

加護なき土地であるが故に、そこに住む者は少なく、泊まる者などいない。この土地を大きく迂《う》回《かい》して別の場所へと向かう人間の方が圧倒的に多かった。かつては栄えた宿屋も廃墟《はいきょ》となって残るのみだ。

ハロルドとアーロンは「こんなヤバそうな土地に王太子が滞在して大丈夫なのか？」とそちらの方を心配している。

「それにしてもこの土地、妙に魔力が薄いな」

「うわ、マジだ。使いにくいっつーか、魔力の消費量が違う」

怪訝《けげん》そうに周囲を見るハロルドだったが、離宮内に入る許可が得られたのでエヴァンジェリンたちと共に護衛に囲まれて入っていった。

部屋に案内されるが、そこは王族が滞在しているとは思えないほど質素だ。品の良い家具を置いてはいるけれど、あまりにも無駄がなさすぎる。

側近と共に、青年がやってきたが、ハロルドとアーロンはその姿を見て絶句した。

「お初にお目にかかります、女神フォルテ様のご寵愛《ちょうあい》深き神子《みこ》様。私はアンリ・シャルル・エーデルシュタインにございます」

迷うことなく跪《ひざまず》いた王太子に顔を真っ青にする。小声で、「どうすれば良いんですか!?」と慌てたように問うハロルドに、エヴァンジェリンは「ハロルド様の御心のままをお伝えすればよろしいかと」と答えた。

「アンリ殿下。私はしがない平民にございます。たまたま、女神様の目に留まっただけの平民に、そのようになさらないでください」

ガチ懇願であった。

キリキリと胃が痛むのを感じる。

顔を上げたアンリはハロルドの表情を視界に入れて、困惑の表情をした。本気で困っているのを感じた。

ウィリアムからの報告の場にいたし、父王からの手紙で女神の加護を持つ少年が比較的良い子であるということを知らされてはいた。

だが、フォルツァートの加護を持つ少年少女があまりにも彼曰《いわ》く〝ゴミ〟で信じきれなかった。

「言葉も、丁寧でなくていいので……。むしろ身分の低い私に頭を下げさせて申し訳ございません」

「ああ、いや。すまない。あのゴ……失敬。他の神の加護持ちと同じ対応であったのだが」

アンリの言葉にハロルドは震えた。

ハロルドは加護なんてものが永遠に続く、だなんて思っていなかった。若さが衰えていけばなくなるかもしれないし、自分が神から邪魔に思われれば消えるかもしれないのだ。

そんな曖昧なもので身分の高い人間をコケにして恨みを買うだなんて正気とは思えない。

そう思えるだけ彼はまだまともだった。

「エヴァンジェリン殿と我が妹を保護していただいたとのこと、感謝する」

「いえ、私たちにとっても友人の妹ですので」

後ろでアーロンも頷いている。

ルートヴィヒはハロルドが女神の加護を受けていることはなんとなく聞いているけれど、「ハロルドはハロルドだしな」というだけですませている。そして、ハロルドにとってみればその反応が一番ありがたかった。特別扱いは得意ではないので。

目の下にくっきりと隈を作る王太子を見て、「苦労してんだなぁ」と微妙な顔をしたハロルドだけれど、毒かと疑われたくはないのでそう簡単に栄養ドリンクの差し入れをするわけにもいかない。

あのとんでも幼馴染《おさななじみ》があんまり苦労かけてないといい、と思いながら泊めてもらえるように頼んだ。

過労系王太子には断る選択肢は与えられていなかった。神様案件で滞在している場所に、神様案件の少年が来ているのだ。ハロルドが驚くほどの美しさだという以外、普通の少年に見えたとしてもアンリにとって、すごくストレスフルな訪問となった。

血反吐《ちへど》を吐きそうな顔をしていたのは気になるが、滞在の許可は得られたためハロルドたちは二人で課題をしながら「王都に行く時の宿よりベッドとかふかふかだな」なんて話をした。

王族が暮らすにしては質素に見えるけれど、それでもそこにある品は最上級のものばかりである。もう一生こんなベッドは味わえないだろう、なんて思って思わず飛び乗ってしまったのは仕方がないことかもしれない。ハロルドも多少、外見に中身が引っ張られているところがあった。

ふと窓の外を見ると、痩せた植物があった。プランターごと手提げ袋に入れて持ち運んでいるハロルドの謎植物よりもその茎は細い。

気になって外に出ると、土も肥料を使われているし、触った感じも異常には思えないけれど、そこに当然感じられるはずの魔力がなかった。

（もしかして、この世界の植物って地中の魔力によって育ち方が変わるのか？）

少し考えた後、「このままだと枯れるだけだろうしな」とお手製の回復薬を手に取って土に撒《ま》いた。この回復薬を作る際に、ハロルドの魔力を注ぎ込んでいる。自分が植物に試す時は希釈して使用しているけれど、この土にならば薄めない方がいいだろうと頷く。

軽く土に触れて魔力が土にある程度染み込んだことを確認して、ハロルドは手を洗って部屋に戻った。

次の朝には変化が起こっていた。

窓から見た植物たちは、元気にピンと太陽に向かって葉を向けている。

「ここだけ元気ね！」

「花、育つ？」

「この子たちの旬が過ぎれば終わりじゃなぁい？」

その中の一本を囲むように赤・青・黄色の翅《はね》が生えた小さな女の子がいた。見間違いかとパチパチと瞬《まばた》きをするが、確かにそこに浮いている。

ハロルドの様子に気がついたアーロンがその目線の先を見ると、「妖精!?」と驚いたように口に出した。

「やっぱり、そう見えるよな」

「見える」

妖精は自分たちを見つめる視線に気づいた。

パァッと明るい顔で二人に近づいてくる。

「フォルテ様の気配がするわ！」

「でも弱い」

「教会も神殿も、壊されてるものね。あは、ざぁこ、ざぁこ、ざこめがみぃ～」

最後の妖精の個性が強い。

何かネットで見たことがあるような構文で頭が痛い。

「ねぇ、なんか良い匂いがするわ！」

「水晶花」

「ウチらの棲家《すみか》にしちゃお！」

まだ蕾《つぼみ》もついていないハロルドのプランターに植えてある植物。それに目をつけると、嬉しそうにつついてハロルドに目を向けた。

「まだ咲いてないよ」

「でも、これからずっとここにいるんでしょ？」

「いや、俺たちは明日か明後日《あさって》には出るぞ」

アーロンの言葉にガーン、と三人がショックを受けたようだった。可愛《かわい》らしい姿をしているだけに少しだけ罪悪感を覚えるけれど、嘘《うそ》を言うわけにもいかない。

「なんで？　ボクたちが嫌い？」

「ウチら、お家もらえたら役に立つよ？」

「いや、俺たちは単純に余所者《よそもの》なんだよ」

苦笑しているところに、ノックが聞こえる。返事をすると、どこか緊張したような声で「失礼致します」と侍女であろう女性が現れた。

そして、妖精を見て硬直した。

「よよよ、妖精様ァ!?　殿下、殿下に報告を!!」

慌てた女性を見ながら三人はドヤ顔で腰に手を当てた。

「そう！　アタシたちはすごいのよ！」

「えっへん」

「ウチらのこと、見直しちゃったぁ？」

見直すも何も、どんなことが起こっているのかよくわかっていない二人は混乱しただけだった。

すぐに駆けつけてきたアンリに「忙しい中すみません」とハロルドがぺこりと頭を下げる。「構わないよ」と微笑《ほほえ》みを浮かべて顔を上げた彼は、妖精の後ろで青々と茂っている庭の草木を見て目をまんまるにした。

「何がどうなってるんだ!?」

かつて、緑の手を持って国を救った少女のそばには四人の妖精がいたとされる。

彼女たちはとても仲が良く、共に各地を回り、食料問題を解決したとされる。その旅の途中、少女はとある国の貴族に見初められ、嫁入りした。

その際に、妖精も共に国から去った。

そう思われていたが。

「アタシたちにだって好き嫌いはあるわ」

「あの男、嫌い」

「ジニアは残ったけどぉ、ウチは植物に触れなくなったあの子に興味なぁ～い」

ハロルドにスリスリと頬擦りをしながら、「アタシ、ハルについてっちゃお」「ボクも」「ウチもとぉぜんいっしょぉ～」と妖精たちはそのように語った。その視線は彼女たちが水晶花と呼んだものが植わっているプランターに向いている。アンリはそれを見ながら「宝石を強請《ねだ》る時の妹に似てる」と思った。

アンネリースと同い年の同母の妹、ドロレスはちょっとだけわがままな女の子だった。ドロレスも逃げてくるかと思っていたが、彼女は「わたくしほどの美しさなら、勇者様を射止めても仕方ありませんわぁ！」と高笑いしていたらしい。すぐに想像がついた。

「あ、そうそう。この土地の魔力が涸《か》れているから、いくら植物を植えても育たないわよ」

「大地に与えてもらってばかり。ここの人間、無能」

「あの子もそういうところ、あんまり意識しないでスキル使ってたし、仕方ないんじゃなぁい？」

妖精たちの言葉をアンリの侍従はメモに書き留める。

死んだ魚のような目をしている目の前の少年には悪いと思うけれど、この土地を甦《よみがえ》らせる方法があるのならば、その方法を知りたいと願ってしまうのは仕方のない話である。

「それで妖精様方が頑張ってくださったおかげで、後ろの花々が成長したのですか？」

そう問いかけたアンリに妖精たちはクスクスと笑って「そんなわけないじゃない」「お気に入りでもない、面倒」「ばっかじゃないのぉ？」なんて言い出した。

ハロルドが胃の辺りを摩《さす》り始めた。

「そういやハル、おまえ昨日庭に出てたよな」

「うん。前に試しに作った初級回復薬を撒いた」

「回復薬作る時に、魔力、込めるわよね？　そういうこと」

試しにやってみただけだった。自分で育てている植物にかけても悪影響はなかったし、ハロルドはそもそもここがあのバリスサイトだとはまだ気づいていない。

狩りや探索をするのであれば、その土地を入念に確認するけれど、馬車に乗って帰るだけ、とかだったので少し確認しただけだ。

だから「ちょっと具合悪そうな植物だし」と気軽に撒いた。

「なんと」

嬉しそうにペンを動かす侍従を見ながら、アーロンは「じゃあハルが帰っても大丈夫なんだな」と思いながらほっとした。

そろそろ家に帰りたい。

「上手くいくかは、運」

「でもウチ、ついていくことに決めちゃったから残れなぁい。ゴメンね」

ハロルドのポケットに入り込んだり、頭の上に座ったりと自由気ままな妖精たちは釘《くぎ》を刺す。

理不尽とはいえ、曲がりなりにも神による罰だ。そう簡単に上手くはいかない。

ハロルドがいればスキル持ちであるが故に十中八九上手くいくだろう。けれど、彼女たちは面倒なので口を噤《つぐ》んだ。ハロルドたちが帰りたいと言っていたから、というのもある。


かつて、緑の手を持つ少女と共に旅した妖精たちは、お気に入りの人間と共にいるのが好きだった。植物を愛していればなおよし。

そして、妖精たちはよかれと思って彼に祝福をこっそりとかけた。それによってハロルドの能力が引き上げられているが、それがどれほどのものか、彼はまだ知らない。

妖精たちは赤がローズ、青がネモフィラ、黄がリリィと名乗った。緑の妖精は今でも緑の手を持つ女性と一緒にいるらしい。

花の名前を持つ三人の妖精は嬉しそうに水晶花の周囲を飛び回っていた。


一方でハロルドは、「昨日どうやって回復薬を撒いていたんだ？」と聞かれて実演した。期限が近い回復薬を適当にばら撒いた。

本当に雑だった。

「こうやった後に土を触ったら、何となく魔力が染み渡ってる感じがすると思います」

「別の場所と比べると確かに感覚が違う」

エドワード・ラピスラズリ。

ラピスラズリ侯爵家の嫡男である彼は、王太子アンリの側近である。

藍色の髪に、星が散ったような金色が混じる青い瞳、眼鏡をかけ、冷たい印象を与える整った顔立ちの青年だ。

彼もまた、目の下にくっきりと隈ができている。

（ここにいる人たち、大概目の下真っ黒だけど大丈夫か？）

いくら現在の自分より歳《とし》が上とはいえ、前世の自分よりは若い。そんな彼らが、目の下に濃い隈を作ってまで頑張って働いている様子は少し可哀想《かわいそう》に思う。

国のため。立場、身分的にはきっとそうなのだろう。けれど、身体《からだ》を壊してしまうのはいただけない。

「ありがとうございます。愛し子様のおかげで、ようやくこの地を再生する手がかりが摑《つか》めました」

「それは、はい。よかったです」

正直に言うのであれば、〝愛し子様〟とかいう呼び方は好きではない。だが、訂正しても、なぜか尊い人という扱いは変わらない。すごいのは女神であって自分ではないことをハロルドは知っている。だが、他の人はそう考えないのだろう。

敬われるほどのことをしていないし、彼は時折向けられる悪感情にも気づいている。困惑はしているが、その大半の理由が他の加護を持つ人間による蛮行らしいので、偏見の目を向けられることは仕方がないとは思っている。

（まぁ、意味もなく持ち上げられたら調子に乗っちゃうのは仕方がないかもな）

ハロルドはたまたまそういうタイプではなかったけれど、褒められて、持ち上げられて調子に乗っていく人間なんてザラにいる。そして、急に権力を握ればそれに溺れる人間もいるだろう。きっと、神だけが悪いわけではないだろうし、加護を得た人だけが悪いわけでもないだろう。

「ハル！　アタシたちのお花にもそれかけて」

「早く咲かせたい」

「いいでしょぉ～？　ねぇ、ねぇ～」

キラキラと輝く瞳に、「ダメだよ。今ので使っていいのは終わり」と苦笑交じりの声をかけた。むくれる妖精たちだけれど、初級の回復薬とはいっても、それはボタン一つですぐに完成するような代物ではないのだ。ただでさえ、この妖精たちと出会って、彼女たちが言った回復薬に含まれる魔力で大地が回復するという言葉の検証をさせてほしいと願われたせいで出発の日を一日ずらしている。新しく作っている時間はない。

「村に帰ってからだったら、時間がある時に作るから」

「ホントね!?」

「約束」

「破ったら怒っちゃうんだから!!」

くるくると表情の変わる妖精たちは愛らしい。

ただ、ここから村へ帰るまで十日はかかると聞いているハロルドは「我慢できるのかなぁ、この子たち」と思ったけれど。

「早く帰りたい」

ふ、と感情が消えたような表情を見せた少年を見て、エドワードは少しの困惑を感じた。

彼の見てきた神の関係者はウィリアム以外、それはもう贅沢《ぜいたく》が好きだったし、傲慢で周囲を力で押さえつけてきた。

報告ではハロルドたちの住んでいる村には碌《ろく》に娯楽がなく、緑豊かなだけのド田舎だと聞いている。そして、裕福と呼ばれる生まれでもなかった。

(彼はそれでもずっと、帰る、と主張しているな)

特別扱いをされるたびに諦めたような、疲れたような様子に見えたのはやはり見間違いではなかったのだろう。

そう思い直したエドワードは少しだけ考えた後に「ハロルド殿」とその名で彼を呼んだ。

「なんですか?」

「神の名は、あなたにとってどういうものか聞いても?」

その言葉に少し呆気《あつけ》に取られた後、ハロルドは正直に「とある神の被害をなんとか少なくしてくれるもの?」と言って首を傾げた。

「なんか、生まれつき巻き込まれていて、その皺寄《しわよ》せが俺……私にきているらしく」

その言葉に納得するものがあったのか、エドワードは気の毒そうにハロルドを見た。女神から加護を得るほどにそれは酷かったのだろう。かつての仲間と同じように。

彼は、ハロルドが最初に「普通にしてほしい」と願った通りにすることにした。特別扱いを受けたくないと願う少年に、このままの対応をする方が嫌がらせのようだと考えた。

結果的に、少しだけ仲良くなった青年は困った時のためにと自分の連絡先とそれが届くように、専用の便箋をハロルドへ渡した。

「望まないかもしれないが、コネは持っていた方がいい。人の世界でしか解決できない問題もあるからね」

確かに、と意外に話の通じる人だったエドワードからそれを受け取って、彼は帰宅の準備をした。

アンリたちは正直なところ、もう少し滞在してほしい気持ちもあったが、予定通りにハロルドとアーロンは村へと帰還した。アンネリースは泣いて引き留めようとしたが、妖精たちが「早く行くわよ！」「花の栄養薬」「ウチらのお家～」と急《せ》かすので無駄だった。

「これからも弟と仲良くしてやってほしい」

別れ際にそう言って笑ったアンリに、ハロルドは「お兄ちゃんって感じだな」と妙な感心をしながら頷いた。家族仲が良いのはいいことだ。もう一人の友人が「ちょっと家族殺しちゃいそうでさ」なんて話しているのも相俟《あいま》って、ほっこりとした気分になった。

去っていくハロルドたちを見送りながらアンリは「加護持ちだとは思えないほど良い子だったな。ルイも元気だろうか」と異母弟のことを思い出しながら言うと、アンネリースがちょっぴり拗《す》ねながら「だいぶ明るくなりましてよ！　ジョシュアお兄様よりよほどお仕事してますわ」と返した。

その返答にアンリは妹にやんわりとお願いをした。

「アンネ、その話、じっくり中で聞いていいかな。できれば君の母上と一緒に」

その後すぐに、第二王子ジョシュアが腐れ聖職者が召喚した聖女と名乗るヤバい女に籠絡されて遊び呆《ほう》けていることを知って、彼はどこか酷薄さを感じさせるような笑みを作った。

「なるほど、それはよくないね」

アンリだって家族は大切だ。自分と同母の弟妹を大事にもしたし、母親が違っても弟妹は可愛い。王族であるから、通常の家庭とは違うところが多いけれど、それでもその責任を全うすることで民への責任を果たしている。

弟は可愛いと思うけれど、王族としての責務を考えない者が王族として残るのはいかがなものか。神輿《みこし》は軽い方がいいと願う者がいることも知っているが、軽くした神輿によって国が壊されることを視野に入れてはいないのだろうと思いながら、その目を細めた。


ハロルドたちは「ここから十日もかかるの、しんどいな～」と話していたけれど、妖精たちが「そこなら道が繋《つな》がっているわ！」「ハルは特別」「ウチらに感謝することぉ～」なんて言って魔法陣を展開すると、二人でよく狩りをしていた辺りに転移していた。三人揃《そろ》ってドヤ顔をしている妖精たちに、ハロルドとアーロンは揃って「ありがとう」と言うと、みんな嬉しそうにしていた。

御者と護衛たちは目をまんまるにしていた。彼らはしばらく冒険者ギルドに紹介された宿に泊まり込むことになった。

ハロルドのことを御しやすく、連れ去りたいと考えている権力者はいる。引き続き、守りは必要だという命令が王太子からも出ている。

ハロルドはバリスサイトの一件で、王太子ご一行からもすっかり気に入られていた。

そして、その冒険者ギルドの中から元気よく飛び出してきた少年がいた。

彼はハロルドとアーロンを見て瞳を輝かせて「やっと来た！」と駆け寄った。

「ブライト、久しぶり」

「最安値の馬車で来た僕より遅いってどういうこと？」

「ルイの母ちゃんと妹が襲われてたから、兄ちゃんとここまで届けてきたんだよ」

小さな村で〝殿下〟なんて口に出すものではない、と考え、ルートヴィヒのことを愛称で呼ぶ。

〝ルイ〟という比較的平凡な名であれば平民にも存在するので、「お友達ができたんだな～」程度の認識で済むというのもある種の知恵である。

アーロンの説明に少しだけ考え込んでから、「まぁ、ここまでの道って結構物騒だったもんね」とブライトは苦笑した。その言葉にハロルドとアーロンは怪訝そうな顔をした。彼らは妖精たちの協力で転移魔法で帰ってきている。その『物騒な出来事』を知らなかった。

「ここからちょっと遠い西にある小さい村、あの勇者サマの故郷らしいけど、盗賊に襲われて廃村になりそうだって話だしね」

「マジで？　ここらも気ぃつけねぇとな」

「……ペーターは大丈夫かな」

かつて住んでいた村の現状を知って、ハロルドは眉間に皺を寄せた。

何が起きたのかはわからないが、母親のせいで理不尽な目に遭ってきたとはいえ、普通の幼馴染として育ってきたペーターの不幸を望んではいなかった。兄の方はもう少し痛い目に遭ってもいいと思っているが。

とはいえ、わざわざ危険なところに乗り込む気はないし、嫌がらせをしてきた人間も多いのでペーター親子以外の人間に対しては興味も薄い。

「なんか、冒険者ギルドの嘱託職員が横流ししてた薬草がなくなって、寄越《よこ》せって怒鳴り込んできたんだって。結構な金額が動いてたっぽくて、今でもその薬草を探してそいつらがうろついてるんだ」

「こっわ。じいちゃんたちと一緒にさっさと移住しててよかった」

ここまで来る時に邪魔をされた、とブライトは唇を尖《とが》らせ、ハロルドはその話を聞いて祖父母の安全を思い鳥肌の立った腕を摩った。

ここの冒険者ギルドには宿泊施設がついており、真面目に働くのであればその金額は大して負担になるようなものではなかったらしく、ブライトは元気に「課題もあともうちょっとだけ！」と力《ちから》瘤《こぶ》を作ってみせたが、全くできていなかった。

「その腕でどうやってあの力が出るのか知りてぇわ。怖いな、スキル」

「あ、僕もそう思う～」

かつてほど自分の力にコンプレックスのないブライトは、軽々とハロルドとアーロンの荷物を持って「運ぶね」と隣に並んだ。


家に帰ると、ユージンたちは喜んで孫たちを迎え入れた。無事でよかった、と笑う姿は親よりも親らしい。

さっき聞いた元いた村の話をしようか、と少しだけ思ったけれどやめておいた。知っているかもしれないし、母親のことを心配もしていない薄情な自分のことを知られたくなかった。

代わりに友人を紹介すると、喜んだ二人は泊まっていくといい、とブライトを歓迎した。ハロルドの部屋は入学の時にだいぶ整理をしたのでそれなりにスペースがある。アーロンが来ることもあったので簡易ベッドも置いていた。それを広げて寝床を作ると、「冒険者ギルドの方がまともなベッドだろうけど」と苦笑する。

「え？　そんな変わらないよ。すごいね、このベッド畳めるんだ」

「うん、作った」

「作ったぁ!?」

ブライトが友人の多才さに驚いていると、妖精たちがポンポンとハロルドの後ろから出てくる。

何かを急かす様子の彼女たちにブライトは混乱した。

「ハロルドくん、いっぱい説明して!!」

ある意味当然のセリフだった。かもしれない。

「この花はね、一回咲いたら普通には枯れないのよ!」

「だからボクたちはこの花を探すんだ」

「普通に人間のそばにいるのも悪くはないけどぉ、ウチらを利用しようとするおバカな人間もいるもん」

ハロルドは話をしている彼らの真横で、細かく均等に切った薬草を、乳鉢でゴリゴリとする。

ブライトが妖精たちに何があったのかを聞いたあと、水晶花と呼ばれるもののことを聞けば、とても興奮した様子で話してくれる。妖精たちは自分たちに悪意を持つ者や、利用しようとする者にはこういった話をしないのだが、ある種の純粋さを持つブライトには口が滑らかになるのかペラペラと喋《しゃべ》る。

「でも、花屋さんがいくら頑張っても咲かないって言ってたやつでしょ。そもそも、育てるの難しいよね」

「魔法植物なんてどれもこれも育てるのが難しいものよ」

「そもそも、魔力が合わない花は咲かない」

「ハルはイイカンジのスキル持ってるから、だいたいのものは育てられるけどぉ」

それを聞きながら「スキルが悪さしてやがる」と思ったハロルドだが、この件に関しては元々持っていたスキルが原因であり、女神からもらったスキルとは関係がないので完全に彼自身のせいである。まさか妖精にまで纏わり付かれることになるとは思っていなかった。

（でも、これが完全に育てば縁は切れるか）

そう思っているのはハロルドだけである。

ハロルドの育てている花に執着心を燃やすお花大好き三妖精がそんなに簡単に出て行くはずがない。

庭先を見れば、まだハロルドの魔力が残る野菜たちがたわわに実っている。

トマト、ピーマン、茄子《なす》、きゅうり。

姿を隠した妖精たちはそれらに瞳を輝かせていた。普通のそれよりも妖精たちにとってはご馳走《ちそう》だ。

女神の加護のせいか、かつて一緒にいた少女よりもスキルが強いように感じて、彼女たちはハロルドに引っ付いて離れないつもりだった。

「あとは外に行くか」

火を使うし、加熱中は薬の匂いが部屋に充満する。しばらく部屋から匂いが消えないこともあって基本的には外で煮ている。

専用の鍋の中にすった薬草、幾つかの瓶を入れて立ち上がった。

畑のそばに、石で作った簡易の調理場があった。ここでは普段、野菜を狙ってやってくる鳥を捌いたりしている。

たまに「何作ってんだー？」と問われて「肥料です」と平然と返している。用途自体は間違っていない。

焦げ付かないように丁寧に混ぜて、色が濃くなってきた瞬間に瓶の中身を小匙《こさじ》一杯ずつ加える。匂いが変わった瞬間に火から鍋を離す。

「ハロルドくん、なんか……作業細かくない？」

「こういうものだよ。あとは粗熱を取って、瓶に詰め替えて希釈したら終わり」

「薄めるの？」

「普通以上に魔力を含んだ土で健康に育ってる植物に、原液を撒くと栄養過多で枯れる」

なぜかやたらと土の魔力を吸い上げている様子の水晶花なので、今回撒く分くらいであれば問題はないが、それでも多すぎても良いことはない。何事もほどほどが一番である。

「植物育てるのも難しいね」

「……そうだね」

ニコッと笑うハロルドではあるが、実はなんとなくで水や肥料の塩梅《あんばい》がわかる。そのため、そこまで大変ではない。緑の手というスキルは割と破格だった。

「明日はアーロンも誘って山にでも行く？」

「行く！」

もうこの話題はいいだろう、と新しい約束をすると、ブライトは嬉しそうに頷いた。

暑苦しくはあるけれど、それでも緑が豊かであるからか、都会よりも過ごしやすい。ハロルドがナイフの手入れをしているとワイワイと騒ぐ声が聞こえた。

ブライトは貴族らしくない。楽しそうに薪を運び、ハロルドの祖父母に褒められて嬉しそうにしている様子を見ると、そのように思ってしまう。

ハロルドが見ていることに気がついたブライトは手を振ってきた。それに手を振りかえすと、肩にずしりと重みが乗った。

「もう終わったか？」

「うん。それはそれとして、刃物持ってる時は危ないよ」

「悪い」

少し気まずそうなアーロンの顔を見て、「もうやらないならいいよ」と言うと、なぜか後ろで人が倒れた。なんだろうか、とハロルドが立ち上がるとそれを制止してアーロンがそちらに向かう。

こういう時は自分が行けばアーロンが不機嫌になることを知っているので、ハロルドはナイフをしまってリュックを背負った。

一方でアーロンは無感情な瞳で倒れた女を見下ろしていた。

この村の住民ではない。明らかに働いたことのない女の手と、興奮したように色づく頬。10代半ばから後半といったところだろう。

触ろうとすれば、ガラの悪そうな格好をした、けれどその足捌きからして、ただのならず者ではなさそうな男たちが出てきたので、迷うことなく笛を吹いた。特定の人間にしか聞こえない特殊な笛であるらしく、男たちは意味がわからないというような顔をした。

アーロンの目が影を捉える。これでよし、とばかりに立ち上がって背中を見せた彼に男たちは剣を向けようとした。けれどそれは届くことはない。

「こんな辺鄙《へんぴ》なところにあんな格好で来たら、捕まえてくれって言ってるようなもんだろ」

どこか呆《あき》れたような声でそう呟《つぶや》く。

ハロルドの祖父母は、以前住んでいた場所が襲われてなくなったことを知っていた。血腥《ちなまぐさ》いそんな話を孫に説明するのが嫌だったのでハロルドに伝えていないだけである。危険に関する情報は大体の場合、どの情報よりも優先して拡散される。

少し遠い、くらいの村でそんな出来事があったのだ。新たに現れた見知らぬ人間、特に怪しい存在は住民の注意を引くに決まっている。

最近不審者が多いということ自体は村人ならば朝一番に全員が聞いている。

そして、ハロルドは注意をしていたけれど完全に周囲に気を配れるわけではない。アーロンを人質にすればハロルドが手に入るのでは、などと安易に考えて、彼のところに現れる人攫《ひとさら》いもいた。

しかし、それを追い返す、もしくはなんらかの処理をする人間がそばについているということも知っていた。

(コソコソやるよりも、一回囮《おとり》にしてでも大捕物にした方が、統制取れそうな気もすっけど……)

それで友人がリスクを負うのは嫌だった。

ハロルドの話では、王がそれなりに必死に働いている様子であったし、王太子などは目の下にくっきり隈をこさえている。ルートヴィヒにあまりそういう様子が見られないのはおそらく年齢と第三王子という微妙な立ち位置からだろう。

最初と同じランクの馬車が使えないレベルでハロルドの価値が高まっているのは予想外だった。念のため、少しおちゃらけて身の回りの二人にも聞けば「ハロルドならば仕方がない」と眉を顰《ひそ》めていた。そのうちの一人が貴族のくせに最低ランクの馬車を乗り継いで、襲撃者を返り討ちにしながらここまで来るという奇行をしていることは考えないことにする。

アーロンからすれば、ハロルドはちょっとばかり真面目で家族や友人を大事にする普通の男だ。顔はいいけれど、「うわ、顔がいいな」くらいにしか思わない。

けれど、世の中には笑顔を見た瞬間ぶっ倒れるくせに、自分だけのものにしたいと手を伸ばす者もいるらしい。

バカバカしい、とは思うものの笛で駆けつけてくれた護衛を見ていると笑いごとではない。

「ハル、引き渡してきたし行こうぜ」

ニカッと笑うアーロンにハロルドは問いかけた。

「何だった？」

「ああ、なんか知らない女がお前の笑顔にあてられて気絶してただけだった」

「何それ」

眉を顰めた後、少しばかりの心当たりに溜息を吐《つ》いた。

王都に出てから、稀《まれ》に自分を閉じ込めてでも独占しようとする厄介な人種がいることを彼も知っていた。きっとそのうちの一人だろうと思ったのだろう。

「また報告入れておかないとな。こんなところまで来るなんて思わなかった」

「お嬢様って暇なのか？」

「あ、違うよ」

ハロルドとアーロンに追い打ちをかけるように、ブライトは元気に告げた。

「忙しくさせると厄介なバカが、暇なんだよ」

笑顔のまま、「どこのどいつかは知らないけど、バカを暇にさせると余計に厄介なんだから、対処できない時点で当主も無能だろうねぇ」と言う。

貴族としてのあれこれを学ぶことができる段階になったため、学園で教えてもらっているとは聞いていたが、言葉の切れ味が増していて、べしょべしょに泣いていた頃が少し懐かしく思えた。

三人は何事もなかったかのように狩りへと向かう。ブライトは友達と一緒にいられてにっこにこである。そして、それ以上に信頼できる人間だけが周囲にいる状況のハロルドがいつもより柔らかい雰囲気だった。学園にいる時とはえらい違いだ。

現れた鹿型の魔物はアースディアーと呼ばれている。土魔法を使ってくるそれは多少厄介な存在だ。慣れていない人間であると、その魔法に足を取られて、隙ができた瞬間に角で貫かれることもある。

とはいえ、現れても一匹であれば狩れないことはない。

ハロルドが魔法で水を撒く。

撒くだけの、はずだった。

いつものように使った魔法が、いつもの倍の量の水という形をとって現れてアースディアーを襲った。いつもとはあまりにも違うその威力に、ハロルドは次の魔法を躊躇《ちゅうちょ》する。

それを隙であると見たのか、ぬかるんだ土を踏み締めて、突進しようとしてきたアースディアー。しかし、ブライトがハロルドを庇《かば》うように立つと、後ろで弓を引くアーロンに気がついた。

前にいる二人よりも仕留めるのが容易《たやす》そうだと感じたのか、嘲笑《あざわら》うように嗚いて後ろにいたアーロンに向かって下から槍《やり》のように突き上げる硬化した土。

ふわりとその身体が浮き上がってそれを避ける。矢の標的が定まらないのかアーロンが舌打ちをした。

アーロンに注意を移したのに仕留めきれなかったのが悪かった。

「凍れ」

「ぶっ飛べ！」

足についた土はまだ水気を含んでいる。それが凍ってアースディアーは足を取られ、動きが鈍くなる。ギリギリまで威力を弱めているのに、その力は以前よりも強まっている。

その足を目掛けて棍棒《こんぼう》を振ると、骨が砕ける音と共に風で威力の増した矢が額に刺さった。

「ハル、さっきの水何!?」

「わからない」

「威力強すぎて素材がなくなるのは仕方ないけど、お前が死んだら意味ねぇからな！　躊躇すんな」

アーロンの言葉に「そうだね、ありがとう」と素直に礼を言って、息を吐く。それにしても先ほどの魔法は異常だった。わからないで済ませていいものではないと、眉間に皺を寄せた。ブライトはそんな彼を気遣わしげに見ていた。雰囲気を変えようと、明るい声を出す。

「それにしても、倒すだけなら僕もできるけど、解体とか料理って難しいね」

ブライトは二人が帰ってくる前にこの村に辿《たど》り着いていたため、帰りの資金と食事代を補うためにギルドの依頼を受けたりしていたが、あまり上手くいかなかったのかそうぼやく。解体はハロルドに教わった通りにやったし、綺麗《きれい》にできているとギルドでも言ってもらえはしたけれど、ハロルドほどの量が取れなかった。料理はアーロンがやっていたように「だいたいこの量かな」とかやると大惨事になった。

「綺麗にできてると思うけど。俺のは貧乏性だし」

「初めて作る時はちゃんと量ってレシピ通りにしろよ」

ギリギリを狙って削《そ》ぎ落としているハロルドと、肉に雑にシオミダケの粉末と胡椒《こしょう》擬《もど》きをかけているアーロンはそう言ってブライトを見た。アーロンに関しては彼自身が適当に作ってそれなりの味のものが出てくるのでブライトは毎回少し納得のいかない顔をする。

「アーロンは昔からお母さんの手伝いで慣れてるから、大体の分量が身体に染み付いてるんだよ。いきなり真似《まね》ができるものじゃない」

「うーん、やっぱり数をこなすしかないよね」

そう言いながら、彼は後ろに突然現れたムーンベアーと呼ばれる魔物の頭を蹴りだけで飛ばした。

骨の折れる音に背中がゾワリとする。

「頭なくても胸の月のマークがあれば判定入るかな」

熊の魔物を片手で持ち上げるブライトの真似こそ、ハロルドとアーロンにはできない。二人は「ないものねだり、ってやつか」と思いながらアイコンタクトを取った。


アーロンが肉を焼いている間にハロルドは魔法の確認をする。水魔法を使用しているのは、周囲が燃えたりして、大惨事になる可能性が低いからだ。

「やっぱり、コントロールが難しくなってる」

そう呟いたハロルドの前に妖精たちが現れて「びっくりした!?」「満足」「いぇーい」と言いながら頭の周りを回る。

「マナが言ってたの！　安全のためにぶっ飛ばせる力は必要って」

「威力上がる。安全」

「やっぱりぃ、付きまとってるっぽいの消せた方が、いいでしょ?」

マナ、とは彼女たちが以前一緒にいた『緑の手』を持つ少女のことだ。ハロルドは詳しく話を聞いていないため、マナが誰かは知らないけれど、威力が急に増した理由がわかって、ハロルドは溜息を吐いた後、とりあえず話をしようと口を開いた。

「つまりこれは、君たちの力ってことかな」

「そ！　加護をえいってしたの!!」

「ハロルド勤勉。大丈夫」

「変な女に引っ掛かるんじゃないわよぉ〜」

要領を得ない言葉にどうすればいいものかと頭を悩ませた。

おそらく、妖精たちにとって好ましくないこと、もしくは異性が近づいてきたのだろうと予測する。

（また一から練習だな）

実際は、妖精たちによるただのお礼と好感度ボーナスだ。約束を守ってくれる子どもが可愛くてしょうがない妖精たちはハロルドが大好きだ。

妖精たちは前の〝友人〟が自分たちにとってよくない異性に引っ掛かっていたので、余計にハロルドを気にかけていたりするが、そんなことをハロルドが知るはずがない。

ブーストのかかった加護によってもたらされた力を使いこなすために、ハロルドはまた頑張るしかなくなった。


困った、とハロルドは手のひらを見つめる。

魔法の力が異常に強くなっているせいで上手くコントロールが利かなかった。前から作っていたような、割と簡単な魔法薬ならまだしも、繊細な加減の必要な魔法薬も成功率が下がっている。どうしようか、とは思ったけれど、基本からしっかりやり直そうと切り替えた。強くなったのだから自衛という意味では悪いことばかりではない。やはり、きちんと制御ができるならば、という注釈はつくが。

教科書を捲《めく》って、魔力制御のページを開く。ゆっくりと脳に刻みつけるように読み込んで、やがて静かに息を吐く。

坐禅《ざぜん》を組み、瞳を閉じて自分の中の魔力を探る。深く、深く意識の中に潜り込むように。大きな熱源のようなものに触れる。それを少しずつ取り込み、慣らしていくイメージだ。けれど、それが大きすぎるのか一朝一夕にはいかない。

限界を感じて瞳を開ければ、汗だくだった。やはり負担が大きいらしい。少しだけ妖精たちを恨めしくも思う。

(でも、なんかあの子たちは俺を心配してるっぽいんだよな)

始まりは家となるだろう水晶花と、好感度ボーナスによる加護であったけれど、妖精たちはハロルドにこびりつく悪意に警戒もしていた。お気に入りに手を出されるのが気に食わないという思いもある。

少しだけその意図を考えてみようとしたけれど、彼女たちの警戒がどこからくるかはやはりわからなかった。現状のハロルドには国がつけた護衛がいるし、友人にも恵まれている。だからこそ、こうして瞳を閉じて瞑想《めいそう》のような真似ができるし、夜も心穏やかに眠ることができる。

ハロルドが知るよしもなかったけれど、前に住んでいたところを襲った者たちが血眼で探しているのは、彼の育てた薬草だった。その中には一部手に入れるのが難しいものもある。ハロルドは「こっちに来てから薬草の値段が上がったな」と首を傾げたりもしていたが、単に買取価格が適正化されただけである。

そういうことも含めて、悪意がハロルドに向いているという面は確かにあった。

「とりあえず、しっかり扱えるようになっとかないと」

何があっても対処できるように、とハロルドは再び練習に戻った。

そんな彼を勤勉だ、と妖精たちは感心しながら見ていた。そして、その後ろで明らかならず者がなぜこうなったのかもわからないままにボロボロの姿になっていた。

彼らにはローズたちの姿は見えない。いきなり、尻に火がついたり、ぬかるんだ土に足を取られたり、頭上から氷柱《つらら》が落ちてきた。それはローズたちがハロルドのためにやったことである。

以前ハロルドが住んでいた村をどれだけ探しても、取引していた薬草は手に入らなかった。その薬草は、隣国で非常に高い値で売れた。それが何になるのかも知らないままに安く買って、数倍の値段で売る。彼らはそうやって生計を立ててきた。

しかし、この数年で取引量は激減し、どう催促しても以前ほどの量は手に入らなくなっていた。

最近になって、とある少年がどこかで薬草を育てて売っていたらしいという情報を吐いた者がいた。そこからは村を出た人間の足取りを調べれば良いだけだった。

子ども一人くらい、その祖父母を人質に取ればいくらでも働かせられると踏んでいた彼らは、近づくことすらままならない状況で見えない〝何か〟に襲われることとなった。

「そんなに欲しいなら、自分たちで栽培すればいいのよ」

「怠け者。搾取は許せない」

「さっさといなくなっちゃえ、クズ」

クスクスと嘲笑うように少女のような声が聞こえる。その姿はやはり見えないままで「ふざけんな、クソガキ!!」と叫ぶ。

そんな態度に彼女たちの苛立《いらだ》ちは増した。

「殺す？」

「殺す」

「殺《や》っちゃえ」

人ならざるものに「喧嘩《けんか》を売られた」とみなされた男たちは、残酷な妖精たちの手にかかろうとしていた。木の根のようなものが足を摑んで、少しずつ彼らを地中に引き摺《ず》り込んでいく。叫ぶ声が不快だと、ある者は口の中に土を突っ込まれて、ある者は水の球で頭を覆われる。彼らはそのまま音もなく沈んでいった。全員の始末がついた後に「これでよし」、とばかりに三妖精は満足げに頷いた。

「さっ、頑張ってるハルを応援しに行こ！」

「平和が保たれた。ハル、喜ぶ」

「ざこくらい〜、排除してあげちゃう。ハルったらまだ弱いから、さ・あ・び・す！」

本人が聞いたら「物騒!!」と真っ青な顔で叫びそうなものだけれど、肝心の本人は知らないため、会いに行っても、いつも通りに「仕方がないな」とお世話をする。

お菓子をせしめて、三妖精は満足そうに笑った。


ハロルドが三妖精にクッキーを分け与えていた頃、アーロンは自宅で四《よ》つん這《ば》いになって紙を持って震えていた。

「これがうえにーちゃん、したにーちゃん!!」

「うん、うん……上手く、描けてるよ。にーちゃんうれしい」

それが、課題のプリントの裏紙でなければ、もっと嬉しかった。

真っ黒になった妹の手を取って「手ぇ洗おっか〜」と抱き上げると妹は喜んだけれど、アーロンは内心それどころではない。溢《こぼ》れたインクにちょっぴり潰れているペン先。買い直すことは仕方がないとはいえ、ここですぐに手に入るものではないというのが困る。

妹の手を洗わせながら、一緒に学園に通う友人がいてよかった、と遠い目をした。

その翌日に、荷物を持ってハロルドの家を訪ねたアーロンが見たのは、指先でリボンのように水をクルクルと回しているハロルドだった。真顔なのが余計にシュールである。

「あれ、アーロンくん。学園に戻るわけじゃあるまいし、そんなに大荷物でどうしたの？」

ハロルドの家に泊まっているブライトが呆気《あっけ》に取られた顔でアーロンを見て近寄ってきた。その腕には大量の薪があるが、彼自身は涼しい顔をしていた。

「アーロン、おはよう。どうかした？」

「あ、おはよ。二人とも。悪いんだけどさ……課題プリント、見せてくれね？」

一緒にある程度片付けていたので、ハロルドはその言葉に不思議そうな顔をした。それに対して家で起きた事故について、話し出した。

「俺もインクとかペン、貴重だから隠してはいたんだけど……見つかっちまったんだからしゃあねぇよな……」

「それは……」

乾いた笑いが周囲に響く。

アーロンの妹はあまり身体が丈夫ではない。それ故に家にいることが多い。外に出られなくて暇だったのだろうと思うと仕方ないと思えた。弟は元気に外で走り回っているし、たまにハロルドと一緒に魚を獲《と》ったりしている。罠《わな》の精度が上がっていて、時々驚くくらいだ。

「いいよ。俺のペンとインク使う？」

「助かる！」

ほっとしたような顔をするアーロンを見ながら、ブライトは不思議な気分だった。自分の兄弟と仲が良いという感覚がまずよくわからなかった。自分が妹と話したことがないというのも大きいかもしれない。兄には割と頻繁に物を投げられたり、罵倒されていたりするが。

「大変だねぇ」

しみじみとそう言うブライトにアーロンは内心では「お前ん家《ち》ほどじゃねーよ」と考えたけれど口には出さなかった。余所様の複雑な家庭事情にはあまり口を出すものではない。

「まぁ、元気そうだからいいわ。随分寂しい思いもさせてるみたいだしなぁ」

アーロンが王都に行ってからそれなりに大変だったそうで、帰ってきてからは結構べったりと張り付かれていた。

もう少しすれば、また王都に行かなくてはいけないし、冬季の休暇は夏季の休暇よりも短く、雪が降るため帰ってくるのが難しい。今日は元気に友達と遊んでいるらしいし、兄を鬱陶しがらないのなんて今のうちだけだろう、とアーロンは苦笑した。

「課題、終わったと思ったんだけどなぁ」

「復習だと思うしかないよ」

時を戻す魔法、なんてものはないし、あったとしても禁術だろう。地道にやるしかないのだ。

楽しい時間はあっという間だ。

ハロルドは「ただし俺に夢中になって捕まった人数は数えないものとする」と少しだけ表情が無になった。王都からやってきた面々は、向こうで裁かれるであろう。怖いのは異性だけではなかったことである。護衛がいてよかったと思っているハロルドではあるが、護衛の方は「俺ら敵じゃなくてよかった~!!」と心の底から思っていた。

何せ、物騒ボディーガードが酷すぎる。いきなり、木の根っこがならず者の足を搦《から》め捕って、地面の底へと引き摺り込んでいくその様はホラーである。ちなみにどこかから「クスクス、ざぁこ、ざぁ――――こ!!」という少女の声も聞こえる。正体は妖精である。


持って帰る薬草を移し替え、多くなったもので売る分を纏める。

妖精のせいで急激に増えた魔力もそれなりに制御ができるようになっていた。そのおかげでまた魔法薬の練習も捗《はかど》るようになっている。単純に作る量だけのことを考えれば、魔力量が上がった分たくさん作れるようになっている。基本的にハロルドは自分の欲しいものを優先的に作っているので、内容は回復薬や解毒薬、日焼けに効く薬やハンドクリームだ。あとは肥料。

ハロルドは肥料も自分でしっかり作っていた。家畜の糞《ふん》なども使ったりすることがあるのでブライトには若干不評ではあったけれど、「野菜が美味《うま》けりゃオッケー」である。

「なんか知らないけど、これだけ美味くなるなら、ちょっとくらいはあの不毛の地にも効くかな」

その肥料の臭いが漏れないように厳重に包んで、エドワードにもらった便箋でエドワード宛てに手紙を書く。友達の兄とはいっても、流石に王太子に手紙を書くのは少し気が引ける。侯爵家の嫡男も十分ハードルが高いが、「王太子よりマシか」という人選だ。ハロルドは手紙に肥料をつけて送ることにした。

「まだ痒《かゆ》み止めは手放せないから手荷物。うーん、虫除《むしよ》け早く作れるようになりたい」

ハロルドは魔物や害になる虫だけを選択して落とすような薬を作れないので、蚊などに刺されて痒くとも薬で誤魔化すしかない。蚊のせいで広がる病気もあるのは知っているけれど、益虫まで殺してしまうと生態系に影響が出るから考えものだ。

売る分の薬草を束ねると、冒険者ギルドへと向かった。この薬草は育てるのが少し難しいと言われていたが、スキルのせいか豊作だった。

ある程度余裕を持って異空間収納に突っ込んでいるけれど、過剰分は売ってもいいだろうという判断だ。

受付に座る青年はハロルドを見ると「おいーっす」なんて言いながら手を振った。

彼はアシェル・ローズクォーツ。ピンクブロンドの髪にローズピンクの瞳を持つ子爵家の四男だ。子沢山貧乏な家庭だったため、自分の食《く》い扶持《ぶち》は自分で稼ぐ、ということをやっていたら冒険者協会に就職していた。

冒険者ギルドの職員は基本的に冒険者協会から各所に派遣する形となっている。実は国家資格が必要な公務員なのである。嘱託職員もいるけれど、彼らはあくまで非正規職員であり、各地域で必要に応じて雇われているだけだ。ギルドの長に必要がないと判断されれば即クビになる可能性がある。

栄光、力、宝を求めて。あるいはどうしようもない事情から、冒険者になろうという人間は少なくない。そんな彼らの命がかかっているのだ。専門的な知識を求められるということもあって、試験の難易度は高い。試験の他には高ランク冒険者が研修を受けた後、就職するというケースもある。

そして、アシェルも高ランクの冒険者である。いかにも優男、といった風体ではあるが油断して彼の前で悪事を働こうものならば真っ黒焦げである。むしろそういったことが好都合とされて受付に置かれている。

「今日は依頼を受けに来たのかい？」

「いえ、薬草の買取依頼です」

「わかった。じゃあ、向こうで待っててくれるかな」

待合を親指で指して、頷くのを見てからアシェルは笑顔のまま薬草を入れ物に入れ、蓋を閉める。

（ハロルドくんには帰りに、今度から別室で渡してもらうようにお願いしなきゃな～）

ハロルドが「ちょっと育てるのが難しいだけだし」なんて言って持ってきた薬草は非常に高い値段がつく代物だ。栽培が非常に難しく、その効能から上級の薬にも使用される。繊細な管理が必要なそれは特に隣国での需要が高い。

現在、隣国ではとある病が流行《はや》っていた。そのせいで多くの『貴族』が床に臥《ふ》せ、薬を探し回っているると聞く。

(うちの国も必死に買い集めてる最中っぽいんだよな)

流行病《はやりやまい》であるならば、この国でも流行る可能性は高い。それなのに、目先の利益を優先して自分たちの首を絞める者もいるのだ。

貴族がすでに倒れているのならば、平民だって無事なわけがないのだ。隣国の言い分を思い出しながら、アシェルは「あの土地には住みたくないなぁ」と呟いた。捨て置かれた民衆に、買い漁《あさ》られた薬草が渡る、だなんてどうしても思えなかった。

「さ、お仕事お仕事」

切り替えて薬草の入った入れ物を抱えた。


査定が終わったあと、予想外の値段がついたことにギョッとしたハロルドに、アシェルは少しだけ困った顔で丁寧に説明し、別室に案内する人間に渡すコインをハロルドの手のひらにのせた。

「なんか、もう少し育てるものも考えた方がいいのかもな」

呟いたハロルドに、妖精たちは「ハルは好きなものを育てればいいの！」と主張した。

「ボクたち、ハルの育てた植物、好き」

「何があってもウチらが守ってあげるしぃ～」

妖精たちに頼んだら絶対やりすぎるだろうと思ったハロルドは「何事も限度があるからね」と曖昧に笑った。彼女たちがやりすぎないように気をつけようと思っているハロルドではあるが、すでに、手遅れ、である。

四章

再び王都へとやってきた三人はすでに疲れ切っていた。

馬車で移動する人間が、村に来た時とほぼ同じメンバーだと気がついた妖精たちは、みんなが馬車に乗った瞬間に魔法をかけた。

人間の使うそれとは違うのか、ある場所に簡単に転移させられたハロルドたちは、現れた瞬間に周囲を兵に囲まれることとなった。


そう、その場所とは王城だった。


槍《やり》を四方から向けられて真っ青になったハロルドたちは、たまたまそこにいた友人であるルートヴィヒによって助けられて九死に一生を得た。彼がそこにいたから、それなりに警備が厚かったともいう。

最近のルートヴィヒは、聖女とされる女と遊び回っている第二王子よりもよほど評判が良かった。

おかげさまで暗殺者が大豊作だったため、護衛が多かったのである。

「本当、陛下や宰相には迷惑をかけて申し訳ない……」

「謝ったじゃない!!」

「ボクも」

「ウチも!!」

ハロルドから送られる「反省してなかったんだ?」とでも言うような綺麗《きれい》な笑顔に妖精たちはウッと詰まった。

ハロルドが監督不行き届きだったと宰相執務室で謝罪していた時も、頬を膨らませてむくれていた。じとりとした「あ、君たちってそういう子なんだ」とでも言うような目を見て、お気に入りの子に嫌われたくなかった三人はちょっぴり焦りながらごめんなさいした。

「人には人のルールがある……とはいえ、人間のルールで生きてないからね。君たちは」

先ほどとはガラリと雰囲気を変えてそう言ったハロルドにスコーンを差し出されてネモフィラは嬉《うれ》しそうにそれを抱えた。

ルートヴィヒが用意させたお茶会セットは、元々は婚約者との交流用であったらしい。そのため、ハロルドが普段街で買うか、手作りしたものよりもだいぶ高級なものである。ちなみに、その婚約者は王城に来て、無言で一杯お茶を飲んで帰った。交流とはなんぞや、とルートヴィヒは思わなくもない。すでに好感度はゼロどころかマイナスである。「さっさと帰ってくれて嬉しいな」くらいの気持ちだ。

手ずから菓子を渡すハロルドに妖精たちは機嫌を直した。お菓子を頬張る妖精たちを眺める彼に、ルートヴィヒは「ハロルドは人外にも懐かれるんだなぁ」なんて思っていた。他二人は割と慣れつつある。

「まぁ、ここでひと足先に再会できたのは私としては嬉しいし、手間も省けた」

「なんだ……じゃねぇや、手間が省けたとはどういうことでしょうか？」

「ああ、うん。面倒だが、ここは学園ではないからな。理解が早いのはありがたい。友人としては複雑だが」

アーロンの態度にやれやれ、というように首を振る。城の中とはいえ閉じられた場ではないと敬語を使う彼に安心したようにそう話した。そのあたりの見極めができないようであれば友人ではいられない。

「ハロルドがな、教会の連中に狙われているようなのだ」

本題を切り出すと、ハロルドは思い切り嫌そうな顔をした。それに対して、何があったかよく知らないブライトが首を傾《かし》げている。

「それで何かあるんですか？」

「うん。我が国に滞在している教会の面々は控えめに言っても割と腐っているのだが」

「王子に腐ってるって言われる宗教家たちやっべぇ」

「実際、手紙ヤバかったもんなぁ」

ハロルドは眉間を揉《も》みながら、溜息《ためいき》を吐《つ》いた。

それでも、召喚したという聖女にかかりっきりでしばらく大人しかったはずなのに、と少し怪訝《けげん》に思っていると、ルートヴィヒは嫌悪感たっぷりの声で告げた。

「聖女の手綱が握れなくなったらしい」

王家からすればいつものことではあるが、それでも「失敗したから聖女はそっちでなんとかしろよ！　あ、お前らんとこの加護持ち扱いやすいんだって？　もらってくわ」みたいな態度は許し難い。断固として断る構えである。

「だからしばらく、ハニートラップや面倒な勧誘が増えるかもしれん」

そんな言葉に、アーロンは思わず「ゴミじゃん」と呟《つぶや》いた。その後すぐにやべ、という顔をして何も言っていませんよというように表情を取り繕った。

アーロンは異性関連のトラブルこそ、ハロルドが一番嫌うことを知っていた。それは彼自身から両親についての話を聞いていたこともあるし、老若男女問わず自分を狙ってくる人間たちに嫌悪感が増していることも知っているからである。

「ハルが一番嫌うことを進んでやる時点で、向こうに勝ち目はありませんね」

「アーロンたちにも危害を加えようとしてたから、普通に何があっても向こうにはつかないよ」

「ヤバいねぇ」

こうなっては取り込むことなどできそうにないとルートヴィヒでさえ思うのだが、彼らは王家にできることが自分たちにできないわけがないと思っている節がある。

彼らにできるのは貴重な神の愛し子《いとご》を、ダメ人間を超えたダメ人間にすることくらいである。フォルツァートが許しても、先ほどハロルドが言ったように人には人のルールがあるのだ。そのルールを破るような真似《まね》はしてほしくない。

ルートヴィヒ自身も、友人には平穏に過ごしてほしいのである。

「そもそも、なんで教会がそこまで大きな権限を持っているんですか？」

「昔、フォルツァート神の加護を受けた者が作った教団であり、その教主とやらがやり手だったらしい。その影響が今も残っているんだ」

ルートヴィヒも全てを知っているわけではないのだと言う。それなりに古い話であるからか、当時のことを知る者もおらず、また現在ではフォルツァートが主神と呼ばれるほどに信仰されていて、他の神の影が薄い。記録も一部消失していて調べるのが難しい。

国を渡り歩いて、加護を持つ人間を堕落させていく彼らから、加護持ちを守るために秘匿する国もあるようだ。

この国では、教会が主導で儀式としてスキルの判別などを行っているため隠せないそうだ。取り上げるにも、そのためのアイテムの所持者が教会であり、能力がわからずに大惨事を起こす者も少なからず存在するためにそれもできない。

「だからこそ自分たちを無視できないだろうと思っているんだ」

「アイテムさえ開発されれば要らなくなる組織とか、怖すぎませんか？」

「我が国の場合はバリスサイトの悪夢やらなんやらがあったからな。そういうものの開発が追いついていない面はある」

他国では段々と肩身が狭くなっているからか、この国でいばり腐っているらしい。そんなことをしても反感を買うばかりでは、と思うハロルドではあったけれど、現実問題として一番に信仰されている宗教はフォルツァート神のものであるし、熱心な信者もそれなりに存在する。それ故の慢心が今の事態を招いていた。

「やっぱり、俺も周囲と結託してでも、自分がヤバいやつだってアピールした方がいいのかな？」

「やめておけ。悪いフリをすると、本当に悪い者に付け入られる隙になるぞ」

それもそうだとハロルドは苦笑しながら頷《うなず》いた。そういうところは前世の世界も今のこの世界も変わらないらしい。食い物にされたくなくてやった行いで自分の首を絞めるのは得策ではないだろう。

「とりあえず、ハロルドが望むように私たちは頑張るだけだよ」

「ご迷惑をおかけします……」

「ハルは悪くないじゃない!!」

「愚か者。醜悪」

「ウチらのハルは渡さないいんだからぁ！」

ハロルドに抱きつく小さな三人の妖精たち。ふんすふんすと気合十分ではあるのだけれど、当事者の「冷静に、人間の常識の範囲内でね？」という言葉が聞こえているかは微妙だった。

ハロルドの護衛についている者たちはその様子を見ながら「妖精様は物騒だからなぁ」と目配せし合っていた。埋められたならず者や、焼かれた雇われ冒険者、凍死する羽目になった令嬢。彼らはそれらを見てきたのだから仕方がない。

「俺もローズ・ネモフィラ・リリィに人殺しとかさせたいわけじゃないから、なんとか手出しされずに終わるといいけど」

すでに手遅れである。

「そういえば、ハロルド宛てに手紙を預かっている」

渡された手紙は三通。

王太子アンリ。

その側近エドワード。

最後に、目の前の友人の妹アンネリース。

「バリスサイトの作物が育ち始めたと聞くからその礼じゃないか？」

「それは俺たち関係ないと思うんですけど」

同意を求めたアーロンと一緒に不思議そうな顔をする。

彼らが『自分たちが数日だけ滞在していた場所』がバリスサイトだと知るのは手紙を読んだ後のことである。

ルートヴィヒに、王家から用意された家の地図と鍵をもらったハロルドたち。彼らは寮ではなく、学園近郊の家に住むことになる。貴族街の中にあるのは、その方が守りやすいと判断されたからだろうか。

広い庭があるので、薬草や野菜を育てるのにも良さそうだとハロルドは頬を緩める。ストレスが多いので、土と語り合う時間があることは彼にとって嬉しいことだった。

アーロンも一緒に住むと聞いたブライトが地面に寝転んで手足をジタバタさせて「ヤダ――――!!僕も！　僕もここ住むぅ!!」と幼児のような暴れ方をしたのを除けば平和である。きちんとスキルをコントロールできるようになっていなければ許されない所業である。

結局「家族は説得した!!」などと言って荷物を抱えて住みつくことになった。なお、説得（物理）であるのはハロルドたちの気のせいではない。ブライトが単純な『化け物』ではなくなったからこそ与える恐怖というものを彼の家族は覚え始めていた。

「まぁ、ブライトもいた方が安全だしな」

アーロンの言葉に苦笑しながら頷いた。とはいえ、ブライトにも危険なことをさせるつもりはない。ただ、彼自身も家族から疎まれているらしいので、一緒に住むのも悪くはないか、と思った。

荷物を置いてからルートヴィヒに渡された手紙を読んだハロルドは、なんとも言えない顔をする。

「あそこ、バリスサイトだったのか」

関係ないどころか当事者だった。

エドワードに送った肥料は、やたらと効果が高かったらしい。その調合レシピを送ったのもバリスサイトの復興に役立っており、喜ばれているようだ。その後、作製した肥料を使用すればそれなりの効果が得られたらしい。

けれど、ハロルドが作ったものの方が、ジョブスキルが原因なのか、緑の手による薬草の良品質化が原因かは不明であるが、効き目がいいらしい。

『気をつけてくれ』と書かれたそれには年上の青年らしい気遣いが感じられた。

『このまいけば、元のようにとはいかなくとも、それなりの収穫量が見込めそうだ。そのことを心より感謝する』

そう書かれたのは王太子アンリからの手紙だった。おかげで仕事が片付きやすくなったらしい。

作物が育てば、飢えは減り、生活のために民や役人がしていた嘆願は減る。少しずつ雇用も増やしていける算段もついた。

アンリがバリスサイトにたびたび滞在していた理由である出来事は解決に向かった。そのことで、これからは王都で過ごす時間も長くなるため、何かあれば相談に乗ると書いてあって「良い伝手《つて》を得た……のか？」とちょっぴり首を傾げた。冷静に考えて国内で確実に上から数えた方が早い権力者を味方にできたのは大きいが、気軽に相談するにはハードルが高い相手だった。

最後に一番「なんで手紙貰《もら》ったんだ？」と思うアンネリースからの手紙を開く。

元気いっぱいな字で少し笑い声が漏れた。側妃である母親と一緒にどうすればより良い作物が育つのかを彼女なりに考えているようだ。出会った時のように彼女のスキルでニョッキリと麦を育てた時は、次の作物にはスキルが通用しなかった、なんてことまで書いてある。

『けれど、その後に土が元気になりますように、と心から願って治癒魔法をかければなんとか芽が出るようになったのです』

その一文にドヤ顔をしている様子が目に浮かんだ。

何はともあれ、不毛の地と呼ばれた土地は元に戻ろうとしているようだ。知らないうちに手助けをしていたようだが、悪夢はこれで終わるのだろう。

悪いことをしたわけでも悪影響が出たわけでもないので、ハロルドは「終わったことだし、まぁいっか！」と頷きながら返事を書くために筆を取った。


少し離れて、バリスサイトでは森が復活しようとしていた。

かつてエルフ族が住んでいた場所ではあるが、主神の八つ当たりによって森が枯れ果ててしまった。エルフたちは国と協力して復活に向けて研究をしていたが、なかなか上手《うま》くはいかなかった。それが、ハロルドの送った肥料の一部や、そのレシピで王太子たちが頑張ってしこたま生産した肥料などを必死にばら撒《ま》いて、土魔法が得意な魔法使いが数日かけて魔力を込めて、最後にわんぱくなお姫様が植えた木を少しずつニョッキリと成長させてくれたおかげで元の姿を取り戻しつつある。

ハロルドについて行った妖精たちがふらっと立ち寄って、ハロルドたちが倒した魔物から取れる魔石と呼ばれる魔力の結晶を投げ込んだおかげか聖なる泉も復活しそうになっていた。森を諦めきれず、悲願が叶《かな》いそうなエルフたちは涙を堪《こら》えきれない。

「ハル様はね、女神様に助けてもらってるんですって!! だから、女神フォルテの信仰を増やしたいらしいの!」

わんぱくお姫様、アンネリース・アビゲイル・エーデルシュタインは一緒にいたメイド服のエルフ族である少女にそう言う。あまりにもキラキラとした瞳で「ハル様は帰られてからもわたくしたちを気にかけてくださる優しい方なの!」なんて彼女が語るものだから、少女はアンネリースが『ハル様』に特別な感情を抱いているように感じた。

「また、会いたいな」

木々に目を向けて、どこか焦がれるようにそう呟いたアンネリース。

「はぁ……恋ですか……?」

「ち、ちちちちがいますわぁ!?」

顔を赤くしてそう否定するアンネリースを周囲にいた者たちは、微笑《ほほえ》ましく見つめていた。平民の少年が彼女と結ばれることはないかもしれない。だが、こうやって森が回復するほどの影響を持つ人物だ。少女の思いが叶うことが絶対にないとは言えないだろう。

そうであれば、名しか知らない少年と、彼を愛する女神の力になってもよいだろう。少しくらい、自分たちにも目を向けてくれるかもしれないし、なんて下心も持ちながら、そう考えたメイドは無表情で頷いた。

「ではここに、神殿を建てましょう」

「神殿？」

「はい。女神殿を、ドデカいのを造りましょう」

「王都でもさいけん？　とか言って造っているのだけれど」

「神殿なんて幾つあってもいいですからね」

メイドエルフの言葉にエヴァンジェリンが「そんな適当なことを……」と苦笑していると、現在の長老であるエルフが「それは良い!!」と大きな声で賛成する。彼女たちの集落は比較的若いエルフの集まりだ。元々、長い時を生きる長命種である彼らは人間族と違って若い体のままその人生のほとんどを過ごす。

長老とはいえ、その姿は若々しい妙齢の女性といって差し支えない。年老いた同族は、フォルツァートの神罰によって森が枯れた際に、急激な環境の変化に対応できず、そのまま弱って亡くなった者が多い。豊満な胸を強調するかのように胸を張ると、怒ったような声で続けた。

「我らの美しい森や泉を涸《か》らした腐れ邪神なんぞ祀《まつ》ってたまるか。二度と信仰なぞせんわ!! 妾《わらわ》はここに！　女神殿を建てる!!」

「泉には昔のように精霊様をお祀りいたしましょう」

「楽しみが増えたのぅ！」

フォルツァートの所業とハロルドの「俺が褒美とかもらうと目立つから嫌だな。女神の手柄にでもして信仰増やすか」という雑な考えが、新たな女神殿と女神信者を増やすことになった。

ついでに女神に愛された少年にも早く会いたい、と長老をはじめとするエルフ族はこの地の管理者であるアンリにたくさん手紙を出している。ハロルドの知らないところで、見知らぬ誰かからの好感度が爆上がりしていた。


外から見えないように魔法がかかっているとはいえ、せっかくの庭付きの家だ。

ハロルドは気合を入れて耕していた。すでにどこに何を植えるのかをリリィと真剣な目で話し合っている。

「ここはお花の区画!!　絶対!!　絶対お花は要るのぉ!!」

「そうだな。魔法薬にも使える花だとなお良いな」

ハロルドの言葉に非難の声を上げるリリィを見ながら、アーロンは「ハルのおもちゃが増えた」と苦笑した。

なんのかんの言いながら、ハロルドは薬効がなくても「育てるのが難しい」なんて聞けば面白がって植えてみるタイプなことを彼は知っていた。その結果が彼の頭の上やら、ハロルドの肩の上やらにいる妖精たちである。自由気儘《きまま》な彼女たちは、相変わらず友人に注文をつけていた。

なお、「俺が育てたいものを、育てればいいんだろう?」と微笑まれると彼女たちは負ける。

「確かに言ったぁ!!」

悔しそうな顔をしているリリィの隣で鼻歌を歌いながら鍬《くわ》を振るう。

耕した後に野菜・薬草・花の区画を決めるとそれだけで一日が過ぎる。

アーロンとブライトはそんな一日を少しもったいないように感じるけれど、ハロルドは現在懐にそこそこの余裕があるためにイキイキと農作業に勤《いそ》しんでいる。

(うーん。とはいえ、錬金術の本にある魔法薬やら魔道具やらを作るのなら、素材を狩りに行きたい気持ちはあるんだよな。貯蓄なんていくらあってもいいし)

店を覗《のぞ》けば、ハロルドたちが狩りで得た素材がエラい値段で売られているケースも多い。

そこまで強くない魔物でも、戦うことができない人間からすれば買うしかない。それが討伐難易度の高いものになっていくとさらに値段は上がる。とても手を出せない。

薬草なども育成・採取の難易度が高ければ高いほど値段が吊《つ》り上がる。

適当に植えて、わっさわっさと生えてきた薬草の一部はそういったものだったらしく、気をつけるようにとアシェルに言われてしまった。

「ハル、明日もそれやんの？」

「明日は種を植えて水を撒くくらいになるかな。なんか、植えてほしいって頼まれている種もあるし」

アンリがどうしてもと送りつけてきたそれは、若干季節外れではあるけれど、それを育てる代わりに思ったよりも広い庭の一画に立派な温室を用意してもらっているので文句はない。なお、ハロルドたちが王都を離れる際はアンリたちが手配した人間が面倒を見てくれるらしい。

「俺が面倒を見れない時は、直々に部下を選出して人を寄越《よこ》す、とまで言ってるから断れなくって」

「ああー……。どこぞのクソ王族とは違うもんな。うちの国の王族」

「隣国、今流行病《はやりやまい》ですごいことになってるらしいよ。治癒師を貴族が抱え込んで、それでもその人数にも限りがある。薬を作ろうにも薬草や薬師が足りずにてんてこまい。貴族でそれだから、治療をまともに受けられない平民は言わずもがなって感じ」

「前回の聖女ヤバかったらしいぜって話をしようと思ったら、現在進行形のヤベー話が出てきた」

アーロンは思い切り嫌な顔をしている。

伝染する病気であるのならばそのうち広がって、この国にも入ってきかねない。特に彼の妹はそんなに身体《からだ》が強くはない。心配もあるし、ある意味では仕方のない反応だろう。

そして、その国の呼んだ聖女のおかげで、優秀だった侯爵家の嫡男が逃げざるを得ない状況になったりもしていたのだ。

その他にも被害は出ていて、隣国はそれを知っても対処ができないエーデルシュタインが悪いのだと言った。現在もエーデルシュタインの薬草を必死に買い漁《あさ》っている。

国内で一定の種類のものだけがなくなれば、嫌でも気づくというものだ。すでに制限がかけられて、国内に必要になるかもしれない量を確保しにかかっている。

「ああ、それでなんかすごい栽培難しいらしい薬草の種をたくさん渡されたのか」

スッキリした、という顔でハロルドが頷いた。仕事のしすぎでいつ倒れてもおかしくなさそうな王太子の頼みだったので引き受けたけれど、理由がわかった方がやる気も出る。やっとバリスサイトの件が片付きそうだというのに可哀想《かわいそう》な話である。

「でも、水やるだけでも大変な規模じゃねぇか。大丈夫なのか？」

「うん。夏休みの間に特訓したから魔法の水だったら結構繊細なコントロールができるよ。それに、体調が悪い時はネモフィラも助けてくれるだろうし」

「ボク、得意」

表情はあまり変わっているように見えないのに、なぜかドヤ顔をしているように見える。

ちなみに、土魔法もそれなりに精度は上がっているけれど、火の魔法はまだえげつない火力のままだ。そこはやっぱり少しずつなんとかするしかないのだ。

窓から見える水晶花を、三人の妖精たちはハロルドのそばから見つめていた。

「もうすぐね」

「うん」

「ふふーん、たっのしみぃ～」

その様子に気づく者はいなかった。


引っ越して初めての満月の夜だった。

妖精たちはワクワクとした表情で花を見つめている。

ハロルドたちはすでに眠っており、その部屋にはいなかった。月の光を取り込むかのように花びらがキラキラと淡い光を発しながら少しずつ開いていく。

それはまるでおとぎ話のような光景だった。透き通った水晶のそれぞれ違う色を持つ花が完全に花開くと妖精たちはそれぞれが自分のものと定めた花に触れる。溶けるように消えていった妖精たちは、光となって花の中へと入っていった。

少しして戻ってきた彼女たちは少しだけ成長した姿になっていた。サイズはやはり小さくはあるけれど、人間でいう10代も半ばくらいの容姿になった彼女たちはどこか興奮したような顔をしている。

「すっ……ごぉい、マナだってこんなに立派に育てられなかったのにぃ」

「力、いっぱい」

「パワーアップしちゃったわね」

三者三様に喜んでから、ローズが「でも」と考え込んだ。

今になって、ハロルドが華々しく力を誇るタイプでないことを思い出した。

「アタシたちが進化したのがバレたら、ハルってば目立っちゃうよね？」

「ハル、都会苦手」

「ずっと王都に拘束されちゃうの、可哀想よねぇ」

三人が、うんうんと唸《うな》って考え込む。

やがて、ネモフィラが「ひらめいた！」とでも言うようにポンと手を叩《たた》いた。

「ボクたち、考えすぎ」

「どういうこと？」

「バレなきゃ、よし……！」

ナイスアイデア、とばかりに言った言葉はハロルドにしてみれば知らぬ間にある種の爆弾を背負い込むものではあった。けれど、一方でバレなければ目をつけられないのも事実なので、ローズとリリィも「それだ！」とばかりにキラキラした目で頷いた。

手のひらを天井に向けて、そのままドレスの裾を持つようにどこか装飾の増えた服をもう片方の手で摘《つ》まむ。そのままくるりと一回転すれば、キラキラした光の粒と共に7歳くらいの女の子の姿に戻った。

「これでハルもウチらが成長しただなんて思わないわねぇ」

三人はそうやっていそいそと再び花の中へと戻っていった。


翌朝、庭の水やりに向かおうとすると、水晶花が目に入った。美しく咲いた水晶の花に驚く。もっと濃い、それこそ植物らしい色合いだった気がしたけれど、咲いた花は宝石のようだ。

「これは、すごいな」

思わず少し感動してしまう。

少し触ってみたくなって手を出すと、触れる前に花の中からポンッと可愛《かわい》らしい音を立ててローズが現れた。両隣からも同じくネモフィラとリリィが現れる。

（そういや、棲家《すみか》って言ってたな）

そんなことを思い出していると、三人がハロルドの名前を呼びながらまとわりついてきた。

そして、なぜか種を押し付けてきた。

「これは水晶花の新しい種よ！」

「ハルの花、楽しみ」

「次は何色かしらぁ」

ワクワクした顔の妖精たちにハロルドは「花が咲いたのに、バリスサイトには帰らないのか？」と不思議そうに首を傾げた。その言葉に妖精たちはムッとした顔をする。

そして、ハロルドをドカドカと殴り始めた。その様子は傍目《はため》から見ていると、ポカポカと妖精たちがハロルドを叩く微笑ましい光景だが、その音は鈍い。

「い、痛……!? え、どこからこんな力が!? 痛っ」

「ハルのバカー!!」

「女心、勉強して」

「ウチら、一生引っ付いてやるんだからぁ!!」

それを見ながらアーロンは「こっわ」と呟いた。すぐそばにいるのでその音の鈍さもあって普通に怖い。

やれやれと彼らに近づいてハロルドを引っ張る。

「大丈夫か？」

「助かった」

とりあえず、ハロルドは妖精たちが自分から離れる気がないことを把握はできた。ただ、彼女たちの攻撃は本気で痛かったのか腕を摩《さす》った。

そして、水やりをしようとした瞬間に悟った。「あいつら、何かやったな？」と。

妖精たちはうっかり忘れていたが、彼女たちはハロルドに加護を与えている。彼女たちが強くなれば、ハロルドの魔法も連動して強くなるのである。幸いにして、前回の経験があった。ゆっくりと確かめるように、慎重に水やりをしてから溜息を吐いた。

「火の魔法、重点的に練習した方が良さそうだな」

何をしたかはわからないけれど、言わないことにも理由があるのだろうと考えて、朝食を作るために屋内に戻った。家事は当番制である。

「さすがに大事《おおごと》になりそうだったら話すだろうし」

いきなり加護が増やされた時ほどの変化ではなかったので、ハロルドはそう気軽に考えていた。

エピローグ

姿絵と情報を見ながら、少女は恍惚《こうこつ》としていた。

神が作ったとしか思えない美しい顔立ちに、成績を見るに平民とは思えないくらいに賢い。穏やかで儚《はかな》げなイメージを与えるが、その実、魔法の腕がすこぶる良く、それなりに強い。

そんな少年が自分のモノとなるなんて、なんと幸福だろうと思いを馳《は》せる。


少女は信心深く、それなりに整った見目をしていた。美しい白銀の髪に、神秘的な紫水の瞳。彼女自身もどこか儚げで庇護《ひご》欲をそそる。危うい雰囲気から同じ信者や、聖職者の男の視線を集めている。

フォルツァートを熱心に信仰するのは両親と一緒で、彼《か》の神のためであればと多くの金銭を奉納し、己すらも差し出した。

敬虔《けいけん》な神の信徒である彼女は、教会から、信じる神の下につく女神の加護を受ける少年を勧誘し、夫とするように命じられた。

ただ命じられたままに、流されるままに生きるのが彼女の生き方だった。

そして、それは彼女が接触しようとしている少年が最も苦手とするものの一つであることには気がつかなかった。

教会がハロルドの〝好きそうな女〟を見繕っている中、ハロルド自身は元気に採集と狩りに勤《いそ》しんでいた。

「木の魔物ってよく燃えるね！」

「さてはヤケクソだな、ハル!?」

驚いてうっかり迎撃したら、それが轟々《ごうごう》と燃え盛っていた。火が弱点であるのか、暴れ回ろうとしたのでその周囲を土壁で囲っている。

顔だけで舐《な》められるハロルドではあるが、（女神&妖精の）加護パワーと本人の努力のおかげで強いのだ。弓の腕や狩り方面の才能はアーロンが秀でているかもしれない。腕っぷしならブライトがダントツだ。ただ、魔力量と魔法のパワーはハロルドが圧倒的だ。

「討伐部位はどこだった？」

「知らねぇ。つーか、これ倒したところで普通の木と差別化できるのか？」

「どこでもいいから持っていったら残存魔力を測定してくれるよ。できれば根っこの方が、魔力が残りやすいって聞くけどね」

魔物とはいえ、木なので栄養を吸い上げる根は魔力が残りやすいらしい。

早く火を消してしまいたいハロルドではあったけれど、まだ断末魔の悲鳴のような声が聞こえているので水をかけられない。

数十分待ってようやく静かになったため、土壁を崩す。中からはぷすぷすと音を立てている魔物だった炭が出てくる。

木の皮が崩れ落ちる。その中から木の実や魔石等がボロボロとこぼれ落ちた。たくさんの成果物に少年たちは瞳をキラキラさせる。健康優良児たちは成長期の腹ペコ少年だった。

「溜《た》め込んでたのか？」

「魔物がたまーに落とすドロップアイテムなんじゃないかな。いるでしょ、謎に鎌とか持ってる顔だけは可愛《かわい》いでっかいリス」

「王都で初めて見た時殺されかけたやつだ」

角を持つ兎《うさぎ》やら、魔法を使ってくる鹿シリーズ、見るからに凶暴そうな熊。異世界の魔物はそれなりにヤバい生き物が多いけれど、ハロルドとアーロンが王都に出てきて一番「ヤバい！」と思った生き物がそれである。しかもその亜種でモモンガ型もたまにいる。顔だけは小動物だけれど、普通に元の動物よりもだいぶ大きい上に「命寄越《よこ》さんかい!!」とばかりに大鎌を振り回してくる全く可愛くない生き物である。しかもそれなりに生息している。モモンガなんて飛んでくる。飛びながら襲ってくる、斧《おの》持ちのモモンガの恐怖感は凄《すさ》まじい。

「マジで顔だけは可愛いけど、こっちの矢を鎌でぶった斬りながら迫ってくるヤベェ生き物なんだよな」

なお、討伐推奨ランクはD以上なので、それなりに冒険と討伐に慣れていないと本気で危ない。顔だけ可愛いバーサーカーリスことリッパースクワロルが落とす鎌だってそれなりの値段になる。更に恐ろしいことに、リッパースクワロルには愛好家がいる。年に数度は「殺さないで！」というデモが起こる。生息地に入らなければ被害はないだの、人間が自然を切り開いたからだのと彼らは言うが、リッパースクワロルは非常に好戦的な種族で、静かに暮らしていた人間の村に攻め入ったことだってある。元の世界の熊よりもタチが悪いかもしれない。

三人はそんなことを言いながら、戦利品を分け合っていた。笑い合う彼らは、束《つか》の間《ま》の平穏を味わっていた。

書き下ろし番外編1　「それは君が手を差し伸べたから」

柔らかな日差し、周囲には庭師によって整備された庭園があり、美しい花々に目を向ければ心癒やされる。

――本来であれば。

美しい庭園で少女たちは、昼休みを利用して親しい者とお茶会を開いていた。貴族の令嬢は学園在籍中にそうやって社交の練習をすることが多かった。本当にそういった目的であればよかったのかもしれない。けれど、彼女たちの目的は別のものだった。

大きな布を芝生に敷いて、四人でバスケットを囲む少年たちの姿がそこからはよく見えた。わいわいと楽しそうにしている。心なしか、食堂や廊下で見かける時よりも安心した顔に見える。

「はぁ……本当に奇跡のように美しい方」

少女のうちの一人が、恍惚《こうこつ》としたような声でそのうちの一人に向けてそう言った。

秋の、日の光にきらめく麦の穂のような黄金色の髪に、思わず心ごと奪われてしまいそうな金色の瞳。高位貴族の中にもそうはいないだろう整った顔。成績も良く、教師からも気に入られていて、友人は第三王子。王子たち兄弟の仲は良いという。であれば、将来も安泰だろう。

生まれが平民であるなんて気にならないほど、何もかもを持っている。そんな少年を「欲しい」

と思うことは自然なのでは、と少女たちは思っていた。

想定外だったのは、彼がいつの間にか力ある侯爵家の庇護《ひご》を受けていたことである。ラピスラズリ侯爵家の令嬢がFクラスの平民ハロルドを気に入って女子生徒たちが彼に近づかないようにある程度の圧をかけていた。

子爵家以下の令嬢たちは「わたくしたちの有力な嫁ぎ先候補にアピールできないなんて……」と悲しみ、伯爵家以上の令嬢は「どうにかして出し抜き、愛人候補にできないかしら」と、今でも虎《こ》視《し》眈《たん》々《たん》と狙っている。

婿として迎えるも悪くはない。知り合いや親戚に養子にさせてから堂々と婚約者に収めればいい。少女たちは微笑《ほほえ》み、牽制《けんせい》をしながら少年たちにギラついた目を向けていた。


——そして、それは当然バレていた。


「なぁ、ここに移動してきたのって学期末試験前だったよな？　場所がバレるの早すぎじゃねぇか？　あいつら暇なのか……？」

心の底からウンザリとしたような声でアーロンがぼやいた。

少女たちはお茶会をしていたら偶然そばに来てしまった、という体《てい》で庭園を陣取っている。しかし、移動するたびに同じ顔ぶれで、気がつけばすぐ近くにいる。しかも、放置していたら段々と距離が近づいてきて最終的にはルートヴィヒの姿が見えないと判断すればハロルドの手を取って連れて行こうとする。アーロンとブライトの姿は彼女たちには見えないらしい。

「僕だって一応は伯爵家の出身なんだけど」

「まともな伯爵家の子息はFクラスにならねぇんだよなぁ」

頬を膨らませるブライトにアーロンがそう言うと、「ブライト目当ても数名いるようだが」とルートヴィヒがちらりと女子軍団に目を向けた。

この中では埋没するアーロンでさえ、それなりに声をかけられる。そもそも四人全員、方向性は違うけれど顔が整っていた。

外見だけで言えば、やんちゃ系のアーロン、可愛《かわい》い系のブライト、正統派王子様なルートヴィヒ、そして多くの人を狂わせるほどの美人であるハロルド。圧倒的に目立つのがハロルド。そんな四人が偶然とはいえ仲良くなり、互いを守るように集まっている。

それは、多くの欲望を秘めた目を集めるのに十分だった。

「人数は一応減ってるけど、悪質なのが残ったような気がするね」

「こっちの都合も考えずにしつこく付きまとう時点で碌《ろく》なやつらじゃねぇよ」

平民組が呆《あき》れながら、視線に気づかないというようにお手拭きを配布し、お弁当を広げる。一度、目を合わせた時に、頬を紅潮させ、息を荒くしながら突撃してきたことがある。その時に、狂ったように「この子はわたくしの恋人なの！　今、わたくしのところに駆けつけたいと切なげに見てきたことに気がつかなかったの!?」などと言ってきた。

「全然そんな目で見てはいないし、恋人じゃありません。……気持ちが悪い」

ルートヴィヒが本音で、全力でぶちかませと耳打ちしてきたので、ハロルドはその時に全力で拒絶をした。

その令嬢は追い払えたけれど、今度はハロルドに蔑まれたいという特殊性癖の持ち主が増えた。

そして、「本命はわたくし!」みたいな勘違い女も増えた。

不思議と学期末試験の後から人数は減ったけれど、それでも諦めない者もいる。

まさか、試験中にうっかり助けた侯爵令嬢が「推し活ですわぁ! 超絶美しくて、誰よりも素敵なハロルド様の邪魔者を排除しますわ!」とハッスルしているなんて思ってもいなかった。

「それで、今までの感じからするとこれからにじり寄ってきて、最終的にハロルドくんを連れて行こうとするよねぇ? どうする?」

ブライトの言うことに「そうだな……」とルートヴィヒが悩むそぶりを見せた。

どこに行ってもついてくる彼女たちにはうんざりしていた。稀《まれ》に男も交ざっているのも危機感を抱かせる。ハロルドほどの魔法の使い手がそう簡単に手籠《てご》めにされるなんて思わないが、絶対ということはない。どこにでも、手段を選ばない人間というのは存在する。

「……雨の時だけ、にしていたがもう場所を選べる余裕はないな」

溜息《ためいき》を吐《つ》いて「これからはずっとサロンで集まろう」と言う。

ルートヴィヒもそれがハロルドの意に沿うものであるとは考えていない。学園にいる王族に開放されているサロンを利用するとやはりそれなりに目立つのだ。それを嫌がるのは仕方がない。平民のくせに調子に乗って、と文句をつけてくる人間が出てくることも想像がつく。

だが、これ以上の場所を見つけようと思っても難しいというのが現状だ。

「とりあえず、学園長や父上には私から相談をするよ」

「面倒をかけてごめん」

「言うな。ハロルドのせいではない」

安心させるようにそう言うルートヴィヒ。彼は心の底からそう思っている。それに、自分を変えてくれた友人に返せるものがあるということを嬉《うれ》しくも思う。

身分の差というのは厄介だ。ギラギラと将来、出世したいと近づいてくるような人間と違って、ハロルドは田舎でのんびり暮らすのを希望している。そんな彼にルートヴィヒが与えられるものは少ない。平民に高価なものを渡しても狙われる元になってしまうかもしれない。王都に引き留めて、親兄弟に彼が出仕して早くに出世ができるように願うのも迷惑だ。

(はじめは私……王族と共にあるのも遠慮をしていたからな)

周囲に頼れる者がいなかった、自分は一人きりだと思い込んでいたルートヴィヒが声をかけてくれたハロルドと友人になりたいと望んでしまった。そして、今も友人であり続けたいと願っている。

(助けられてばかりだったが、私にできることがあるならば力になりたい)

あの婚約者のせいで色んなものを失ってきたからこそ、友人たちに降りかかる火の粉は払わなければならない。

そう考えたルートヴィヒはストーカー系女子たちの身元をきっちり調べて抗議もしなければならないと脳内で算段をつける。以前は家族に迷惑をかけてはいけない、と我慢ばかりをしていたけれど、両親との話し合いで「むしろ相談をしない方が、後々問題が大きくなる」ことを理解した。

ただでさえ、ハロルドは国にとっても重要な人物であるらしい。

(私からすれば、ただの優しい友人だが)

女神からとびっきり気に入られているというハロルドは、それでも他の加護持ちより優しく、清らかだ。そんなルートヴィヒの評価をハロルドが聞けば「そう見えるのは他がクソ過ぎるだけで、俺は普通だよ？　殿下も皆さんもヤバい人間が目立つからそう見えるだけですよ？」と言っただろう。だが、幸か不幸か友人からどう思われているかをハロルドは知らないので「顔のせいで迷惑をかけて本当に申し訳ない……」としか考えていなかった。

「それにしても、お嬢様方って普通に婚約者とかいるんじゃねぇの？　ハルがいくら美人だからってここまで執着すんのヤバくねぇ？」

「特に魅了関係のスキルは持ってないいんだけどね」

「そうだよなぁ。ハルはそういうことで嘘《うそ》吐いたりごまかしたりしないから、そこは疑ってないんだけどちょっと異常だろ」

「多分、普通だったら貴族として暮らしていけなくなるって考えると立ち止まるものだけどさぁ。ルートヴィヒ殿下と仲良くなったから文官や魔法師としての将来が明るいと思われてるんじゃない？　実際、やる気があるかどうかは別として、国仕えできるだけの才能はあると思うし」

ブライトが少しふてくされたような顔で、サンドイッチを口に入れる。ノイジーダックの肉で作った照り焼きダックのサンドイッチを口にして「わぁ、このダック美味《おい》しい～」と瞳を輝かせる。

「あー……。なるほど、国仕えできるなら子爵家以下の令嬢なら、よほど裕福な家庭でない限りは平民でもアリなのか」

「まぁ、そこら辺の身分の子って商家とかと関係強化をしたくって政略結婚する子も結構いるから、平民がどうとかーってあんまり考えてないかも」

問題はそれ以外。ブライトやアーロンが考えているケースは正式に夫となるためまだマシな部類だ。

「あとは、政略結婚をした貴族婦人が数名の子を夫との間に生《な》したあと、愛人を囲うこともある。婚約者がいる伯爵家以上の令嬢が狙っているのはソレだろうな」

「夫婦仲が冷え切ってて互いに愛人を抱えてるとこもあるんだって」

「貴族の闇を見せるな」

「見せるなって言われても囲われるのって大体、顔が良い次男以下の下位貴族の子息とか、平民だからねぇ？　アーロンくんもバッツリバリ関係あるよ？　うっかり言質を取られたら最後なんだからさぁ」

「怖い怖い怖い」

ブライトはにっこり笑っているだけであれば人畜無害に見えるのか、そのスキルを知らない人たちや、教師たちから情報を仕入れてくる。ついでに菓子などもせしめてくる。

「そりゃあ、僕みたいに超可愛いわけでも、ハロルドくんみたいに超絶美人なわけでもないけど、アーロンくんだってそこそこ顔は良いんだから注意はしないと。学園卒業したらそっちのお誘いはもっと多くなると思うよ？　教養もしっかりついてる平民なんて愛人として囲うのにもお得だし」

しっかりと「ハロルドくんや僕がいるから霞《かす》んでるだけだよ」と釘《くぎ》を刺す。アーロンがそれを聞きながら「え、そんなことねぇだろ」と返す。ブライトは冗談なんて言っていない。まるで信じていないアーロンを呆れた目で見つめる。

「少なくとも、ハロルドを手に入れるための人質として害される可能性は十分にある。気をつけるに越したことはないよ」

「それもそうか」

あっさりと納得したような返事をするアーロンにブライトは「ひどぉい！」と頬を膨らませて怒っていますアピールをした。

ルートヴィヒ自身は「まぁ、ハロルドが常に隣にいれば感覚も狂うだろう」などと思っていた。実際、ハロルド以上の美しさを持つ人間なんてそうはいない。

こうなっては、早めに友人たちを隔離した方がいい。そう判断してから「不服かもしれないが」とハロルドに顔を向ける。ハロルドは「いや、ありがたいよ」と苦笑していた。

「近寄ってくる子たちの学年や身分も上がってきたし、寮に直接手紙をねじ込まれることも増えてきていたんだ。正直、俺たちだけでは対処しきれない」

王家からの庇護を受けているから無事でいる。これで教会の所属だったらどんな目に遭っていたのだろうか。

（いや、確実に碌なことになってないな）

その時の状況なんて考えたくもない。

たまたま、身分の高い友人ができたから無事でいるだけだ。経験上、ハロルド自身の身分なんて追いかけてくる彼女たちは何も考えていない。「どうにでもなる」と思っている。そういうところが、己の母親を思い出させて苦手だ。

疲れた様子のハロルドを見て、ルートヴィヒはやる気を増した。殺《や》る気かもしれない。

何にしても、身分パワーを全力でぶん回す気満々だった。

王城に戻ったルートヴィヒは、すぐに父である国王リチャードに会えるように使いを出した。以前であれば、両親に会いたいなどと言っても「甘えるな」「そんな時間はない」などと周囲に止められていたけれど、いつの間にか周囲の使用人の顔触れは大きく変わり、連絡が取れやすくなった。

以前は、常に見張られているような、管理されているような心地であった。住んでいる場所は、自分の安心できる場所ではなかった。月に数度、母たちと過ごす時間だけが楽に息ができる時だった。

（私の周囲が変わったのも、ハロルドたちと出会ってからであったか）

ルートヴィヒは実はそれにハロルドが関連しているとは知らなかったけれど、全てが良い方に向かい始めたのは彼のおかげだと思っていた。友人であるハロルドはルートヴィヒにとっても救世主のような存在だった。しかし、そう思っているだなんて下手に口に出せば、ハロルドが嫌がるであろうことは理解している。

ハロルドは神でも救世主でもない。ただ、神様に愛されたせいで国王に伝手《つて》があり、気になることがあれば「報告しておく方がいいよな」とこまめに手紙を宰相に送り付けているだけである。

ルートヴィヒの周囲が変わったのは、ハロルドの護衛から話が伝わったことと、手紙によって報告された内容でリチャードたちが対処した成果である。

その日の授業内容の復習をしながら考え込んでいると、父と会う許可が得られた、と侍従から言《こと》伝《づて》される。

以前はあまり気にしていなかったが、父親としてのリチャードは存外家族を大事にしている。今まであまり会わなかったことがもったいなかったな、と思うものの、ルートヴィヒにはあまり自由があったとは言えない。妨害されて隔絶された時間を返してほしい。

（そうしたら、父上たちだけでなく、兄上たちとももっと一緒に過ごせたのにな）

かつて、寂しさに泣いたこともある少年はどうしてもそんな、あったかもしれない「もしも」のことを考えてしまう。

そのたびに、婚約者一家への憎しみが募った。

「ルートヴィヒ殿下？　どこか具合でも悪いのですか？」

俯《うつむ》いたルートヴィヒを心配して、侍従が声をかける。

「問題はないよ。最近は体調を崩すことも減ったし」

「でしたらよいのですが……。殿下方が体調を崩されると陛下や王妃様、側妃様もみんなご心配なさるのですよ」

侍従のそんな言葉を素直に受け入れられるようになったのも最近だ。心に余裕ができたおかげかもしれない。

案内されるがまま、父の部屋へと向かうと珍しく私服姿のリチャードがいた。まだ制服を着ていたルートヴィヒに目を向けて、「さっさと脱がないと皺《しわ》になるぞ」と苦笑する。

「俺も昔は着替えるのが面倒だわ、仕事が山積みだわでそんな暇あるかよ、っってずっと制服着てたけどな」

「意外ですね。父上ならこんなかたっ苦しいもん着てられるか、と帰ってすぐに脱ぎ捨てるものかと思っておりました」

「当時は邪魔者の排除しか考えられなくて、その時間も惜しんで仕事をしていた。無休で働いてたらパティにガチギレされたが」

王妃パトリシアを愛称で呼んで懐かしそうに笑う。

側妃がいるからか、その仲を邪推されることもあるが、国王リチャードと王妃パトリシアは非常に仲が良い。

「それで、何の用だ？　ルイ、お前が会いに来るなんて珍しい。また余計なことばかりして俺の仕事を増やす愚か者でも現れたか？」

リチャードは茶目っ気たっぷりな表情で息子にそう尋ねる。本心では「たまには父上と話したくて来ました、くらい言ってくれねぇかな」くらいの気持ちである。ルートヴィヒは本当に面倒ごとを運んできたので空笑いした。

「ええ。友人に集《たか》る虫が思いのほか多くて」

「ははは……マジ？　ラピスラズリの娘が推し活してっから、手を出せるやつなんて限られてくるだろ。公爵家で唯一やらかしそうなとこはロナルドの方に夢中だしよ」

「マジです。ついでに軽率な行動をしている中には見たところ、侯爵家以上はいませんね。どうやってその目をかいくぐって声をかけようかと思っているのはむしろ伯爵家以下の家の娘かと」

「俺だったらラピスラズリになんか絶対喧嘩《けんか》売らねぇわ。側近だけど、アメシストの次に怖ぇ」

本気で嫌そうな顔をする父の姿を珍しく思う。

ラピスラズリ侯爵は愛妻家であり、妻によく似た娘を溺愛していた。

夫人と娘は舞台俳優や演奏家などの援助も精力的に行っており、王城で仕える楽師の中にもラピスラズリ侯爵家に感謝する者は非常に多い。

難点は結婚で引退、貴族に見初められて引退、他国へと渡って帰ってこないなどといった事態に弱く、そのたびに泡を吹いて倒れてしまうことや、綺麗《きれい》な顔の人間が好きすぎる点か。

若かりし頃の侯爵夫人が夫の顔が好きすぎてダンスの際に手を握って見つめ合った瞬間気を失ったことは今でも社交界の笑い話になっている。そういった悪癖がなければ、立派な淑女たちであった。

彼女たちはただ援助をするだけでなく、彼らから流行《はや》りをいち早く取り入れたり、各所の情報を手に入れたりしている。

各所に「耳」があるラピスラズリ侯爵家の情報網を、娘のためなら張り切る父親の執念を、そして彼自身の国への忠誠を甘く見ていたというのであればある程度の報復を受けても仕方のない話であろう。

「積極的に処罰せずとも、報いは受けるだろうが……サロンへはハロルドたちも自由に逃げ込めるように差配しておく。……学園長も神関連のいざこざはもう勘弁だろうしな」

そう言ったリチャードの瞳に翳《かげ》りが見えた。しかし、それをルートヴィヒに話す気はまだない。

神の加護を得た人間によって「大切なモノ」を失った人間が複数いる。学園長もその中の一人だというだけの話だ。

「ルイ、学園生活は楽しいか？」

「……？　はい、ハロルドたちがいますから」

「それはよかった」

何をいきなり、とルートヴィヒは怪訝《けげん》な顔を見せるけれど、父が自分の返答を思いのほか嬉しそうに噛《か》み締めて、「よかった」と言うものだから何も言えなかった。

（心配を、かけていたのだろうか）

どうしてだろうか。少しくすぐったいような気分になる。

「できれば、お前たちみんなにそう思ってもらえればいいんだがな」

「それに関しては、もう少し教師の質を上げることを提言したいものですが」

「学園はクリスタル公爵の管轄だ。そう簡単に手出しもできねぇ。というか……先王が口を出して生徒に偏向教育をしていた時期があってな。そりゃ、国の存亡すら関わるような大事《だいじ》であれば介入もするが、基本は専門に教育を学んだ者に任せることになってんだわ」

苦虫を噛み潰したような顔でそう告げる。

学園長も努力はしている。けれど、一定数妙な人間が紛れ込むのは防ぎようがなかった。どうにか全てを拾い上げたいと願って制度を作っても、平民が貴族を訴え出られるわけがない、と考えて適当な仕事をするものいる。学年によって平民の卒業率に大きな差が出るのはそのせいだ。

少なくともハロルドたちの担任はそういった人種だった。

（それでも今年、Ｆクラスに入った連中は、ハロルドがいたから運がよかった。二年次から再度しっかりと教え込もうにも、周囲との差がつきすぎてやる気を失うものも多い）

かつてと比べれば落ち着いてきたものの、やはり問題は多い。リチャードは自分が生きているうちにどれだけのことができるのだろうか、と考えることはある。子に託すまでには全てが片付いていることを願う。


ルートヴィヒは父との話し合いを終えて部屋に戻ろうとすると、バタバタと騒がしい足音を耳にする。それと同時に「姫様！　アンネリース様‼」という侍女の声が聞こえた。

「アンネリース殿下！　淑女はそんなにバタバタと走りません！　どうしてこうも落ち着きがないのですか。今日の課題もまだ終わっておりませんよ」

「そんなこと、些細《ささい》なことではありませんの！　わたくし、勉強も飽きました！」

走り回っていた人物が妹であることに、少しばかり頭を痛める。

ルートヴィヒと違ってアンネリースは結構……いや、かなりお転婆だった。比較的大人しかったルートヴィヒにとって、庭園を駆け回り、虫を素手で捕まえて同い年の貴族令息を泣かせる妹は「何をするかわからない生き物」だった。

「アンネ」

「ルイお兄様！　聞いてくださいまし！　みんなお勉強お勉強ばかりでうるさいのです」

「それは真面目に座って話を聞けないお前が悪い」

素直な感想を告げると、「つまらない話ばかりするのが悪いんですわぁ！」などとぷんすかしている。母はこんなに騒がしくないので、一体誰に似たのだろうか、と少し遠い目をした。普通に父親似である。

「勉強は今のうちからしておかないと、後々きついぞ。ただでさえ淑女教育が進んでいないというのに、いつまでもそれでは、アンリ兄上に本気のお説教をされるぞ」

「……で、でも、アンリお兄様はずっと忙しくていらっしゃるから……」

アンネリースの目が泳いだ。

彼女は目の前にいる兄よりも、小言が多い母よりも、厳《いか》めしい父よりも、長兄がその手のことに一番厳しいのをよく知っていた。民に生かされる王族であるからこそ、誰よりも民に尽くすべきだ、と言って憚《はばか》らないアンリが今の自分を見たら何というのかを想像したのだろう。少し顔色が悪くなった。

「何もいきなり、全てをできるようになれとは言わない。それでも植物以外にももう少し興味を持て。興味を持てなくても、せめて王女としてどうふるまうべきか、母上や先生からしっかりと学びなさい」

「はぁい」

ふてくされたような返事に苦笑する。

異母妹であるドロレスも問題児ではあるが、彼女はやるべきことはしっかりとこなしている。

そんなお説教から、アンネリースはちゃんと王女としてのふるまいを学んでいくことになるのだが、それによって身についた知識で聖女に注意したことが、城から逃げるきっかけになることを今の彼らは知るよしもない。


リチャードの対応は早く、翌日から特別招待券が交付された。王印と学園長の印が二つ並んでいる。

受け取ったハロルドとアーロンは顔を引きつらせていた。どう考えても一介の平民が持っているべきものではない。王族用にと誂《あつら》えられた部屋に自由に入っていいだなんて、普通に考えれば許可が出るはずがない。

(神様の加護ってすごいな……)

それだけ自分の存在が生きる爆弾みたいなものなのだろう、とハロルドはこめかみをトントンと指で叩《たた》いた。頭が痛くなる。

「これで、私がいない時でもいつでも逃げ込める」

「ありがとう」

「気にするな。こちらの注意も聞かず、暴れまわるしか能のない阿呆《あほう》が悪い」

笑顔でそう言うルートヴィヒもちょっぴり口が悪かった。ハロルドは「俺たちの影響か……？」と少し不安になったけれど、謁見したリチャード王を思い出して「いや、多分遺伝だな」と考え直した。

「俺までもらってよかったんですか？」

今日は周囲の目立つところに護衛がいるからか、アーロンも少しは丁寧に話している。「俺ら、もう少しマナーとか習わないといけないかな？」とハロルドと話し合ってはいるが、まだ習っていない。現在は学園の勉強を詰め込むので手一杯である。

「無論だ。昨日も話したが、ハロルドの友人である以上、目をつけられることは避けられない。私には身分が、ブライトには暴力があるが」

「待って、殿下。せめて、お願いだからせめて腕力って言って。暴力はちょっと言い方がさぁ……」

ブライトの懇願を聞かなかったふりをして「だが」と続ける。ハロルドはそんなブライトを後ろで「今はちゃんと制御ができるようになったもんね」と慰めていた。

「アーロンはハロルドと同じ平民で、ブライトほどの力はない。何をやらかすかわからない、という恐怖がない分、ブライトより狙われやすいだろう」

アーロンは何とも言えないような表情を見せる。

アーロンだってこの年齢にしては腕っぷしが強い。狩人《かりゅうど》としての腕も良く、ハロルドと関わってから魔法も使えるようになっているため、どうしてもそこまでの警戒が必要なのかと疑う気持ちがあった。

（確かに、ブライトは何しでかすかわかんねぇけど）

不服そうに唇を尖《とが》らせる友人に、ルートヴィヒは苦笑した。アーロンが弱いわけではないのだ。ただ、悪い人間が手段を選ばないことをルートヴィヒはもう、知ってしまった。だから、心配をしているのだ。

「まぁ、実際ブライトに殴られたら大抵の生き物は死ぬからね」

「初めから手を出してくるってわかってたら加減くらいできるよ!?……流石《さすが》に咄嗟《とっさ》に来られたらやっちゃうかもしんないけど！」

ブライトの「やっちゃう」が「殺《や》っちゃう」なんだろうな、と察する程度には三人は彼の力を知っていた。意識して使っているわけではなく常時開放型のスキルであるのがまた怖い。わかりやすくマッチョとかであればよかったが、ブライトは小柄で可愛い、小動物系の男の子だ。それが更に恐怖心を煽《あお》る。

「私も同じクラスであればよかったのだがな」

「王子様がFクラスはヤバいよ」

「言っておくが、伯爵家の子息がFクラスも十分すぎるほど問題だぞ」

カラカラと笑うブライトにルートヴィヒはジト目を向けた。内心、ちょっとずるいと思っている。図書室で一緒に勉強をしていたから知っているが、ハロルドたちの成績はかなり良い。ルートヴィヒとそうは変わらないだろう。そのくらい上位に食い込んでいる。これでFクラスなのがおかしいくらいだ。

「来年は上位クラスを目指すよ」

「期待している」

「えぇ～……!?　ほどほどでよくなぁい!?」

「俺はハルと同じクラスがいいから勉強するし、来年はブライトだけ別のクラスか」

アーロンが面白がってそう言うと「待って、見捨てないでぇ!?」と慌てる。

「ブライトは俺らと違って田舎暮らしするわけじゃねぇんだからちゃんとやっとかねぇと路頭に迷うぞ」

ルートヴィヒはアーロンがブライトに言い聞かせるその光景に目を細める。なんだか、昨日の自分と妹を見ているようだった。

「あんまりそういうこと言ってたら、ハルが怒るぞ。滅多に怒らないやつが怒る時はマジなんだからな」

「別に怒らないよ」

ハロルドの言葉に瞳を輝かせるブライトだったが、直後の「ああ、同じクラスになりたいと思ってもらえなかったんだなぁ、って思うだけ」という言葉にうなだれた。

「そもそも、クラスが違う程度で切れる関係性ならそんなに長く友人ではいられないだろうし」

「ハロルドくん、ちょっとドライ過ぎない!?」

ブライトの言葉にハロルドは「そうかな?」と首を傾《かし》げる。別に無理をしてまで上位クラスになろうとしなくてもいい、ということには納得しているのである。成績が良い人は比較的素行も悪くはないだろうという打算もあって努力をしているが、それを気にしない、あるいは自力でねじ伏せることができるのならばその判断を尊重するだけの話である。

「俺の事情に合わせる必要はないよ、って言いたかっただけなんだけど」

ハロルドが目指しているのはあくまで穏やかで普通の暮らしだ。生活がそれなりに豊かであればなお良い。大きな責任や義務を背負うことは向いていないと自己分析をしているため、出世欲もない。

それでも知識は必要だ。知っていなければ利用できない制度はあるし、騙《だま》されることもある。望むものがささやかでも、その日々を手に入れることが自分には難しいと嫌でも思い知らされている。

せめて身の回りの大事な人たちだけでも守れるように、自分にも力があればいいのに。

そうは思うものの、多くの人の思惑や悪意も絡まっている以上やれることは限られている。

友人には恵まれたのだろう。ルートヴィヒやブライトに出会わなければ。いや、それ以前にフォルテの加護を得た人間として王と宰相に保護されていなければ、おそらくもっと早い段階で個室に引きずり込まれていた。貴族令嬢と密室で二人きりになどなれば、どんな噂《うわさ》をたてられるかわかったものではない。あっという間に囲い込まれて自由に動き回ることができなくなるだろう。

祖父母や幼馴染《おさななじみ》の両親、アーロン一家、冒険者ギルドの人たち。

そういった周囲の人たちがどれだけ自分を守ってきてくれていたのか、王都に来てからはより強く感じる。

「どうかしたのか？」

「いや、俺はみんなに助けられてるなって改めて思っただけだよ」

「……それはお前が、私たちを助けてくれたからでもあるよ」

「俺は何もしてないよ」

ルートヴィヒの言葉に、ハロルドはくすくすと笑い声をこぼす。

そんなハロルドを見て、ルートヴィヒも少し困ったような顔をする。

（本人に自覚がないというのも難儀だな）

少なくとも、ハロルドに出会うまで同年代でルートヴィヒに手を差し伸べてくれる人間なんていなかったのだ。侮り、嘲笑《あざわら》う人間か、その身分に遠慮して近寄ってもこない人間だけだった。困っている時に、さもそれが当然であるというように他人に手を差し伸べることができる人間の何と得難いことか。

（きっと、ハロルドにとっては本当に当然そうすべきこと、であるから気づかないことなのだろうな）

ブライトも同じ気持ちだろう。そう思って目線を送ると、困ったように頷《うなず》いていた。

ハロルドが他人に手を差し伸べて助けてくれるから、周囲もまた彼を自分の力の及ぶ範囲で助けようとするのだ。

そして、それは計算でないからこそ想定外のことを引き起こす。

（ラピスラズリ侯爵令嬢の推し活？　というものとファンクラブとやらについては、もう少し黙っていた方がいいか……？）

ハロルドを追いかけまわす人数が減ったのは、彼女が「ファンクラブを作りますわ！　非公式なので遠くから見守るに留《とど》めますわよ！　わたくしたちはあの美しい方が、心根まで美しいままであれるように自らを律しなければなりませんわ……」などという演説を行いながら統率を行っているせいである。追いかけまわすことがなくなった代わりに非公式グッズが制作されている。今主流なのは絵画である。イメージアクセサリーを作る者、小説を書く者、ぬいぐるみを作る者など活動は様々だ。

ハロルドの安寧を守るために規律を守らない者の排除や相互監視など、家の力もフル活用で行っている。娘に甘い権力者のパパを持つお嬢様は強かった。

力の強い侯爵家と敵対してまで一人の少年を追いかけることはできない、という理性的な判断ができた者だけが生き残ることができている。

「まぁ、夫人にそっくりだから近づこうとしても鼻血を出しながら気絶して終わるだろうし、害はないか。安全に一役買っているし」

ルートヴィヒが呟《つぶや》いたそれは幸いというべきか、ハロルドには届いていなかった。

平穏とはやはり言えないが、こうやってなんとなくハロルドの身の安全は守られていた。

書き下ろし番外編２ 「仁義なきお野菜ウォーズ」

夏休みの真っただ中。「今日も暑そう〜」なんて思いながらブライトはハロルドを捜して畑まで出てきた。

きっと、いつものように水撒《みずま》きをしているのだろうと鼻歌を歌いながら目当ての人を捜す。

友人の後ろ姿を見つけて声をかけようとしたが、どうにも様子がおかしい。いつもはむしろハロルドに宥《なだ》められている妖精たちが「さすがにそれはちょっと……」みたいな反応をしている。

「駆逐してやる……」

いつもは大人しい友人が呟《つぶや》いた言葉にぎょっとした。

「は、ハロルドくん……？」

「あの害獣共。一匹残らず葬ってやる」

ガチギレである。いつもよりツートーンほど声が低い。

恐る恐るハロルドの視線の先を覗《のぞ》く。

「うわぁ……」

そこにあったのは野菜だったものの残骸だった。

みずみずしく、たわわに実っていたはずのトマトが食い散らかされている。それだけではない。

周囲をよく見ると、ハロルドが世話をしていた区画を的確に、執拗《しつよう》に狙って漁《あさ》っていた。

「網まで引きちぎって……何この執念。こっわ」

このあたりに猪《いのしし》やイタチ、猿、カラスなど、田畑の害になる「普通」の獣は生息していない。そういった生き物はもう少し魔物の少ない土地にいるものだ。魔物の多いこの地域に生息する生き物は人間と家畜以外では魔物のみである。

ハロルドは忌ま忌ましげに空を見上げている。

「駆逐はマズイわよ、ハル。生態系が崩れるわ」

「何事も、バランス」

「結果的に妙な魔物が増えてもよくないわよぉ？」

「こいつらが俺の畑を漁るのが悪い。しかも見て。あれ、絶対俺を馬鹿にしてる」

妖精たちが説得を試みたけれど、ハロルドの指の先に視線を向けた。スカークロウが馬鹿にするように一声鳴いた。

「低級魔物ごときが小賢《こざか》しく逆らうんじゃないわよ」

「……やっぱり、消そ。この周囲のやつら、全部」

「弱っちいくせにウチらをバカにするなんてぇ、いーい度胸じゃなぁい？　ちょっとくらい暴れてもいい気がしてきちゃったぁ」

いつもはストッパーになるハロルドのブレーキが壊れているせいでもうどうにもならない。

（これは無理。アーロンくんとアシェルさんに頼も）

ブライトは諦めが早かった。そもそも、自分ではハロルドを説得できないだろうと理解していた。いつものハロルドであれば、少し立ち止まって耳を貸してくれたかもしれない。でも、もう「ぶっ殺す」という方向で振り切ってしまっている。

さすがに何も計画を立てずに、突発的に行動したりはしないだろうと思って、ブライトはアーロンの自宅へと向かった。


「そんなわけで、どうしたらいいのか教えてほしいんだけど」

「領主様の軍が出るほど強い魔物じゃないなら、腐るほど生息してるから、ふっつーに生態系崩れるほど倒して回るの無理だろ。そりゃ毎日あの物騒妖精たちが山狩りするっつーなら焦りもするけどよ」

冷静な友人にブライトは胸を撫《な》でおろす。

そもそも、アーロンにとってはハロルドが害獣に怒るのは割といつものことである。

ハロルドが世話をした野菜は美味《おい》しい。野菜嫌いだったアーロンの妹が笑顔で食べるようになったほどだ。魔物が狙いに来るのも頷《うなず》ける。

「けど、スカークロウが来てるのは厄介だな。あいつら、しつこいし人間も襲うから今のうちに討伐はしておくべきか」

そう考え込んだアーロンにブライトは、「じゃあ、やっぱりアシェルさんにも相談しておくべき？」と問いかける。

「そうだな。数によっては依頼も出さないと」

戦える者にとっては、強いとは言えない魔物だが、小さな子どもやお年寄りなどには危険である。身体《からだ》の大きさによっては、くわえて連れ去られ、そのまま食べられてしまうといった可能性もあった。


そうして、二人が冒険者ギルドに行くとハロルドとアシェルが難しい顔で話し合っていた。

「よ、ハル」

「おはよう、アーロン。ブライトもどこに行ったかと思ったらアーロンのところに行っていたんだね」

朝一番に会った時とは違って落ち着いた様子に困惑する。ブライトは困惑した表情でアーロンを見た。視線に気がついたアーロンは「害獣が出るなんて日常茶飯事だからな」とだけ告げた。

（もしかして……ハロルドくんが怒ってるの珍しくないんじゃ）

お察しの通りである。

ハロルドは畑を荒らされるたびに本気で怒って、ひとしきり片付けをしているうちにちょっぴり落ち着いてそこから対策を取り始めるのがいつものパターンだった。

「けど、スカークロウの数は確かに例年より多いな。面倒なのは、あいつら特に討伐報酬がうまくない上に、空中を飛び回るから依頼を受けたがる冒険者が少ないんだよね」

アシェルは面倒そうにそう言うと、紙を指でピッと弾《はじ》く。

「僕たちも気にしてはいたんだよ。例年に比べて、作物の被害に関する訴えも多いし。かといって、領主様に訴えるほどではないあたりがなー」

少し前までは、村全体への被害が大きかった。みんなが困っていると村長を通じて依頼を出してはいた。だが、受けたがる冒険者が少なかったため大きな変化は見られていなかった。それがここにきてハロルドの畑に集中している。冒険者の中には、「一か所に集中しているのならば、そこの住人に村や領主が支援すればいい話ではないか？」などと言う人間もいる始末だ。

「俺がひたすらに不快だ、ということを除けば確かにそうではあるんだけど、あれだって人を襲う立派な魔物だ。俺がいなくなって、もしそこにあれらの目的の食べ物がなければ？　被害は本当に作物だけで収まるのか？　そういう問題もあるから」

「確かにうちのミラ……妹みてぇなちっこいのは持っていかれたら一巻の終わりだしな」

「スカークロウはなんでも食べるからね」

ハロルドが溜息《ためいき》を吐《つ》くと、アシェルも頷いた。

「だから、いっそのことハロルドくんの野菜が目的だって言うのなら、一回それを囮《おとり》にしてでも厄介そうなやつらを一網打尽にできればいいんだけど、って話をしてたところだよ」

「クック類といい、あのスカークロウといい、本当にクソ忌ま忌ましい」

ハロルドが心の底から思っているだろう言葉を聞きながら、三人はなんとも言えない顔をしていた。ハロルドはその優美な顔立ちに反して畑仕事ガチ勢だし、平民なので苛立《いらだ》てば口もほどほどに悪くなる。アシェルだって一応、貴族の子息だというのに口が悪いが自分のことは全力で棚上げしていた。

「まぁ、丹精込めて世話をしている身からするとねぇ。仕事終わりでよければ僕も手伝うけど」

「あ、ちゃんとお金払いますね」

「別にいいよ。僕もちゃんと冒険者を斡旋《あっせん》できなくて申し訳ないなって思っているし。実際手間ではあるけど、冒険者ギルド協会に申請書を提出したら地域の防衛の名目でお金もちゃんと出るから」

そんな言葉を聞きながらハロルドは「さすが国家公務員」と思っていた。

冒険者ギルドの職員は一応、それなりに難関な試験もある資格を持った国家公務員である。危険な場所への赴任もあるし、いざという時は冒険者たちを束ね、領主と連携して有事に当たることも求められる。そのため、給料は良い。完全実力性であり、能力が認められれば出世もできるが、その半面、努力を怠れば簡単にその立場を追われる。

稀《まれ》に不正を行って罷免される職員も出るが、その処分は大変厳しいものになる。

「村人に被害が出ないうちにお手伝いしとかないと、怒られちゃうしね」

「アシェルさんでも怒られるの嫌なんだ」

「誰だって嫌だよ。特にうちのギルド長めちゃくちゃ説教長いんだ。本部にいる頭頂円形ハゲよりましだけど」

アシェルはアーロンの感想に、唇を尖《とが》らせながらそう返す。余談ではあるが、頭頂円形ハゲというのは、いわゆるカッパハゲのことである。

「基本的には自由を謳《うた》っているしね。依頼が片付かないこともあるよね」

そうボヤいているアシェルだが、それでもハロルドに近づきたいなんていう理由で依頼を受注されるよりは、はるかにマシだと思っている。

（いやぁ、正直ハロルドくんに手を出せるような冒険者って絞られるけど、最近ちょっと不審者も多いから心配だし）

国の方から領主のところのギルドの上部へハロルドの本来の地位と重要性に関する通達は出ている。場合によってはできる限りの力で彼を守ることができるように。それもあって、「見知らぬ誰か」に任せるよりはアシェルが自ら動いた方がはるかに安全性において良い。

王都から帰ってきたハロルドにはかなり物騒な妖精たちがついているという報告も聞いているので、少人数でも粗方片付くだろうという計算もある。

「俺はアシェルさんが手伝ってくれるならありがたいですけど」

「うん、じゃあ決まり！　夜のうちに罠《わな》を仕掛けて、討伐は……うん。早朝の方がいいかな」

「夜は危ねぇしな。でも、最近は夜の不審者情報減ったよな」

「ああ、確かに」

少年たちは「不思議だねー」とでも言うような顔をしているが、真相を知る大人たちは乾いた笑いしか出ない。

（そりゃ、妖精たちがならず者を片っ端からぶっ殺してるからねー！）

夜中に響く悲鳴と女の子の笑い声はなかなかホラーである。たまに「ふふー、ちょっとくらいあがいてみればぁ？　ほぉら、がんばれ、がんばれぇ？」と煽《あお》るような声も聞こえる。そしてその声の後ろからくすくすという笑い声。ハロルドの警護に立っている者たちもちょっと心が折れそうだ。

「アタシたちがいるのに危ないわけないじゃない」

「ボクたち、優秀。えっへん」

「ぜぇんぶ埋めちゃえばいいの」

妖精たちのそんな言葉は、後ろでコソコソ話しているだけなので、ハロルドに届いてはいなかった。彼女たちはちゃんとわかっていた。ハロルドにバレたら「やりすぎ！」と怒られるだろうと。

でも、彼女たちは思った。「バレなきゃいいのよ！」と。

護衛たちもハロルドに心的負担をかけたくないと口を噤《つぐ》んでいて、裏の山に埋められる犯罪者が増えるだけだった。

「じゃあ、帰って網でも用意するか」

「うちの予備とかいるか？」

「大丈夫。というか、俺が使ってるのは特別製だから」

アーロンの提案をハロルドは断る。そんなハロルドの言葉にブライトは首を傾《かし》げた。

「網なんて、全部一緒じゃないの？」

「普通の網であのクック類が諦めるようならそうしたよ。……あのクソ鳥共、普通の縄だったら食いちぎって葉物野菜を全滅させるんだよ。それで済めばまだマシで冬場に出る白いやつらは雪の中に埋めているやつは掘り返すし、野外倉庫にしまえばカギを壊して中に入る。残らず鳥肉にしてやりたい」

ハロルドの目があまりに荒《すさ》んでいたので、ブライトも何も言えなかった。

（ハロルドくん、都会に出れば人間に付きまとわれ、田舎に帰れば魔物に煩わされてるの、さすがに可哀想《かわいそう》過ぎない？）

不憫《ふびん》なものを見る目になっていた。

「実際鳥肉になってうちにおすそ分けしてくれる。ハルには本当に申し訳ないんだけど、冬場手に入る肉って結構貴重だからすげーありがたい」

「あいつらの利点は食肉になるところだよね。スカークロウって可食部ないし」

ハロルドの機嫌が悪いのにはそういった事情もあった。討伐して食べられるのならよかったが、スカークロウは食べられなくはないが、手間がかかる。しかも不味《まず》い。普通に食べれば不利益しかない。

「向こうは何でも食べるっていうのに、こっちが手軽に食べられないの、本当にどうかしてると思う」

「あれ、結構大きな鳥型魔物なのに食べられないんだ……」

「文字通り何でも食うからその弊害で、モノによっては毒持ってたり、寄生虫飼ってたりするんだわ。だから食おうにも処理に手間がかかりすぎるし、本気で不味い。クソ不味い薬草に漬けて作った干し肉よりなおのこと不味い。せめて手間に応じた味なら許せたけど、本当に保存食にもしたくないほど不味い」

「それに、そうでなくても死人の墓を荒らして骨までつついて食べていることもあるから、倫理的に受け付けないかな」

ブライトの疑問に、次々と夢も希望もない回答が用意される。

そんなスカークロウだが、割とどこにでもいる。墓場の近くなどは墓守によって現れた端から倒されていくため、そう滅多にはいないが、それ以外だと都会から田舎まで本当にどこにでも生息している。ゴミ屋敷を作り出そうものならそこに住み着いてしまったりもする。

「空飛んでて倒すのが面倒、食べられない、こっちをバカにしてくる……誰も依頼受けないはずだよ」

ブライトのボヤキにハロルドたちも同意するように頷いた。

帰宅すると、ハロルドとブライトは倉庫から黒く細い縄で作られた網を取り出してきた。薬品を染み込ませてあるためか、少し臭う。

「ハル、何これ？」

「臭い」

「えぇ～、こんなの使えるのぉ～？」

妖精たちの非難の声に、「むしろこれじゃないと被害が大きくなる」とハロルドが眉を顰《ひそ》める。

特製の縄はハロルドが山で取れる魔力を通しやすい石とそれに相性がいい草花を調合して作った薬品に三日ほど漬け込んで作ったものだ。それを丁寧に編んで網にしてある。

「これを水につけるとするだろう？」

「うん」

実践して見せた方がわかりやすいだろう、とハロルドは余った縄の端を水につけ、その中に葉を浮かべる。そして、それに魔力を通す。すると魔力が縄を伝って流れ、葉は焦げたように黒くなった。

「もしかして、雷？」

「そう。これを夕方くらいに魔力を通しておいたら、そうだね……半日くらいはビリビリしてるかな。これが結構効果があるんだよね」

何でもないようにそう言ったハロルドに「これ、普通に他のご家庭でも役に立つのでは」とブライトは呟いた。

「役には立つかもしれないけど、小さい子が触ってケガしたりしても俺には責任取れないからねぇ。道具には人間と魔物の区別がつくわけじゃないし私用に留《とど》めておく方が面倒がない」

「あー……確かに。事故が起こって、お前のせいだーって言われても困っちゃうもんねぇ」

ハロルドはどこの世にもクレーマーはいそうだ、なんて考えてしまう。どんなに説明をしても、手に入れた後にそんなことは全部忘れて、仕様通りに使わない人間が現れるのなんてよくある話だ。

（広めてもエドワードさんとかまでかな。あの人はきっちりしてそうだから変な使い方しないだろうし）

帰郷の途中で出会った青年を思い出しながら、そんなことを思う。エドワード・ラピスラズリ侯爵令息はハロルドの話をちゃんと聞いてくれる珍しい貴族男性だった。

立場的に仕方のない話ではあるのだが、ハロルドは神の加護を持つせいでいつ爆発するかもわからない爆弾扱いをされることがあった。同時期に存在する加護持ちが厄介な性格であるし、過去にこの国が関わってきた加護持ちが国を引っ掻《か》き回したせいで現国王が非常に苦労をしていることも聞いているため理解はするけれど、あまり愉快ではない。その点、歩み寄ろうとしてくれたエドワードは手紙で相談に乗ってくれることもあって、比較的好感度が高かった。ちょっと年下に慣れていることも要因の一つだったかもしれない。

「せっかく新しい肥料が完成したけど、もう試さない方がいいな」

「あの臭いやつ？」

「そっちは結構いい感じだった。部屋の薬草で試したけど、プランターで育てざるを得ない状況だった割にはいい感じの大きさになったな」

「え。いつの間に使ってたの」

「作った次の日」

さらりとそう言われたブライトは、とても臭っていたはずの肥料に気がついておらずに落ち込んだ。

「何も対策せずに使うわけがないでしょ？　俺一人ならともかく、君を同じ部屋に泊めているわけだし、ローズ、ネモフィラ、リリィもいる。自分の家だからってそこまで友人たちを蔑《ないがし》ろにはしないよ」

そう言って苦笑するハロルドを見てブライトの表情はパッと明るくなる。

「それもそうだよね！　ハロルドくんはお友達を大切にするもんね！　友人、友人かぁ……えへへ……」

ハロルドたちに出会うまで友人が一人もいなかったため、友人という言葉に嬉《うれ》しそうに照れたように笑う。ハロルドの言葉が本当に嬉しかった。

「よく効いても、臭いが強すぎたら使う気もなくすだろうし、ちょっとだけ調合を変えたんだ」

「ウチがアドバイスしたのぉ～。ふっふ～ん、すごいでしょぉ？」

自慢げに話すリリィに「うん。すごく助かったよ」と笑顔で返す。よしよしと頭を撫でられているリリィをネモフィラが羨ましそうに見つめていた。

「それよりも問題は残ってる作物を囮にする必要があるってことかな」

「もったいないよねぇ」

ハロルドの野菜は美味しい。野菜嫌いもつい口に運んでしまうレベルだ。

魔物にくれてやるのは不本意だった。

「まぁ、人間が襲われるよりはマシだけど」

「アーロンくんの妹さんまだ小さいもんねぇ。弟くんは僕らの二つ下だっけ？　ギリギリあいつらが運べそうで怖いな」

それでも、ある程度対処が可能な魔物であるだけマシだ。スタンピードで滅びた村の話を聞くこともあるだけにそう思ってしまう。

（この領地は領主が当たりだから、危なかったら助けてもらえるしな。まぁ……、やらかしてなければの話だけど）

ハロルドたちの前にいた村は、不正の発覚を恐れたせいで救援を頼むことができず、かといって金を積んで強い冒険者を雇うこともなかった。そのせいで、夜盗に滅ぼされたというのだから笑えない。死後の世界に金銭は持って行けないのだ。せめて、冒険者をそれなりの金額で雇えばよかったものを。

結果として、ほとんどの村人は死に、生き残った者も障害が残った。大きな騒ぎになったことで村長に不正は見つかったし、冒険者ギルドは解体された。全て因果応報の結末だったのかもしれない。だが、知って気持ちのいい話ではない。

（ここの村長さんは良い人……というかすごい真面目で不正するタイプじゃないし、アシェルさんを見ている限り冒険者ギルドの人たちも優しいからな。いざってなったら助けてもらえるだろうけど）

元々、領民が騙《だま》されることに心を痛めて無料で字や簡単な計算を教えてくれる領主だ。その点は信頼できる。ただ、領主が動く時というのは大抵、「村ではどうにもならない事態」である。そんなことにはならないことが一番いい。

「ハロルドくん、それでこれはどう設置するの？」

ブライトの声に、逸《そ》れていた思考を戻す。

残っている野菜の畑、その四隅には背の高い木の棒が設置されていた。それを利用して網を被《かぶ》せていく。

「これって僕らも入れないんじゃないの？」

「この手袋をして、一か所だけ持ちあげるんだ」

入れる方法があったことには胸を撫でおろしたが、ハロルドはどこか不服そうだ。

「世話する以上、入れる場所か方法を作る必要はあるんだけど、そのせいで入り込まれる可能性を排除しきれないんだよな」

そもそも、背の高い棒を設置するだけでも人を雇ってやってもらったのだ。毎回、何らかの害獣の退治をしているが出てくる魔物の種類が一定ではないし、そのせいで特化した対策グッズを作るのにも一苦労だ。

「スカークロウの模型を逆さに吊《つ》るして……できるのはこれくらいか？」

「これちょっと不気味過ぎない？　本当に効果あるの？」

「仲間の死体がぶら下がってるって認識して近寄らない個体もいるんだよ」

そのあたりはカラスっぽい習性である。前世であれば、カラス対策で要らないＣＤをぶら下げたりしている家もあったが、この世界にはそういったアイテムはない。鏡などを活用するにしても、コストが高くなってしまう。

「まぁ、アタシたちもあれくらい余裕で倒せちゃうんだから！」

「氷漬けにする」

「ウチはちょっぴり相性悪いのよねぇ」

「飛んでるもんねぇ」

「そうなのぉ！」

リリィは土の魔法を得意とする。そのため、飛んでいる敵にダメージを与えるのは不得手だった。

ブライトの言葉を肯定して、ぷっくりと頬を膨らませる。怒っています、といった動作だがとても可愛《かわい》らしい。妖精たちは能力はともかくとして見た目はとっても愛らしかった。

「その分、アタシが焼き鳥ならぬ炭鳥にしてやるんだから！」

「ああ……うん。ほどほどにね」

気合十分なのは頼もしいけれど、過剰火力である。

（これ、人に向かわないようにしないとな）

ハロルドはそう思いながら苦笑するが、すでに手遅れである。ハロルド自身が不審者に狙われているせいで「アタシたちがハルを守らなきゃ！」と気合たっぷりで葬り去られている。人間の法律など、妖精たちには関係がない。


夕方になってアシェルが訪ねてきた。網に覆われた作物を見て「これでもやってくるの？」とハロルドに聞く。ハロルドは頷くと、人差し指をある方向に向けた。

「……わぁ。木の枝とか石使って破ろうとするんだ」

「最初は錆《さ》びた金属の欠片《かけら》とかを拾ってきて切ろうとしてましたよ」

「すごいな。執念を感じる」

今はハロルドの野菜だけで済んでいるが、夏休みが終わると彼は王都に戻る。一部は追いかけていくだろう。けれど、残ったスカークロウはそのまま味を占めて他の住民の食い扶持《くぶち》を奪うだろう。舌の肥えた魔物は美味《うま》い食べ物を忘れられず、その時残るものの中から一番の獲物を求める。ハロルドの野菜がなくなれば、狙われるのは肉の柔らかい子ども、次に比較的年若い女になっていく可能性は否定できない。

「早めに相談に来てくれてよかったな、これは。実物を見ると悪質さが際立つね」

「俺が滞在中は自分でどうとでもするんですけど」

「そうだねぇ、結構な数がいて、取り合いで同士討ちまでしてるんだったっけ？」

ハロルドには自分の野菜がこの魔物たちの何を狂わせたのかはわからない。別に危ない薬を使っているわけではないのだ。ただ、とても美味しいだけである。

「とりあえず片っ端から倒していく？　しばらく頑張ってれば数も減るだろうし」

「それしかありませんかね……？」

かち合って喧嘩《けんか》を始めたスカークロウを見ながら、ハロルドとアシェルは溜息を吐いた。

魔法使いタイプの二人は相手が飛んでいようが関係がないとでもいうようにバンバンスカークロウの数を減らしていく。たまに隙をついて突撃してこようとするやつらはブライトが硬化させた拳で弾《はじ》いていた。

「棍棒《こんぼう》よりもメリケンサックとかがいるんじゃないか？」

「えーっと……拳につけるやつだっけ？　手軽な値段のものがあれば買ってもいいかも」

そんな軽口を叩《たた》きながらも攻撃に容赦はない。どさくさに紛れてローズとネモフィラもスカークロウを撃ち落としている。リリィはハロルドの頭の上で「がんばれ、がんばれぇ～」と応援している。語尾にハートマークでもついていそうな媚《こ》びた甘い声音だった。

バチバチと爆《は》ぜるような音が聞こえて、その方角をチラリと見れば、アシェルが一人でハロルドたちの倍以上のスカークロウを片付けている。

「どこからこんな数出てきたんだろうな。近くに巣でもあるのかな」

のんびりと周囲を見渡しながら倒しているアシェルはまだまだ余裕そうだった。「暗くてよく見えねぇな」と苛立ったように言った後に、「あ、やべ」というような顔をしてハロルドたちに一瞬視線を送る。その様子を見て聞こえてなさそうだと判断する。アシェルは普段、猫を被っているけれど、パーティを組んで冒険者をやっていた頃のメンバーの影響から口が悪かった。なるべく柔らかい言葉遣いを心掛けているのは、その方が他者の油断を誘えるし、年少者に怖がられないからだ。ちなみに実家では母親に本気で怒られるので一人称を「私」、口調を敬語に変える。

ハロルドやアーロンは真面目で優しい良い子だったので、怖がらせたくはない。というか、優しい頼りになるお兄さんに見られたい。アシェルはそう思っていた。

「舌打ち出てなくてよかったー」

ハロルドたちが聞いていたら「気にするのそこなんだ!?」とツッコミを入れただろう。だが、運がいいことに彼らとは少し距離があったので聞こえていなかった。

ローズが火で周囲を明るくしてくれているから完全に見えないということはないけれど、スカークロウは減っている気がしない。

「おかしいな。こいつら、夜行性じゃないはずなんだけど」

「ここまで多いとなると……天敵認定して仲間を呼んでるとか？」

「巣が近くにいくつかあったとしたらそういう可能性もあるな」

そんなことを話しながら「キリがない」とボヤいていると、魔法の矢の雨が降る。

「何時だと思ってるんだ、この鳥共！」

「あれ、アーロンくん!?」

「妹がこいつらの鳴き声で起きて、怖いってギャン泣きしてんだよ」

朝の撃退には参加する、と家に帰っていったアーロンは女神製の魔弓を構えている。通常の弓矢では分が悪いと魔弓を持ちだしてきたアーロンは周囲をゆっくりと見渡して、少し遠くの木の上から自分たちを威嚇している一際大きなスカークロウを見つけた。

「こいつらのボスの巣が向こうにあるみたいだな」

その言葉を聞いて、ハロルドは「相変わらず、目が良いね」と言ってリリィの名前を呼んだ。

「位置の確認をお願いできるかな？」

「まっかせて～！」

ちょっぴりあくどい笑みを見せて「いってきまぁす」と手を振りながら飛んでいく。そのまま倒してきそうな気もしたけれど、それもいいかと襲ってくるスカークロウたちに集中する。

「夜にギャアギャアと騒がしい。大人しく巣の中で寝てろっつの！」

「ほんとそれ。僕も適当に散らしたら次は朝だって思ってたのに集まってくるんだもん。迷惑」

「何か理由でもあるのかな」

「これだけ騒がしいとなると……ヒナがいるのかもね」

アシェルがそう言うとハロルドたち三人組は露骨に嫌な顔をした。彼らからすれば厄介者が増えるだけなので嫌に決まっている。

「うるさい上に畑の野菜を食い荒らし、しかも糞害《ふんがい》まである魔物が増えるんですか？」

「まぁ、あいつらも繁殖するからね」

嫌悪感を覚えるハロルドの声音に、アシェルも苦笑するしかない。

ジーッと畑の向こうにある木々の更に奥を見ていたアーロンが「本当だ。小さいのがいるな」なんて言う。

「アーロンくん、本当にどんな目をしてるの!?　魔眼でも持ってるの!?」

「儀式ではそんな結果出てねぇけど」

「じゃあ、本当に視力がただ良いだけ？　それにしては……」

アーロンの言葉を聞いてアシェルが少し考え込む。

そう、その瞳から魔力を感じていた。これが魔眼の類でないならばなんだというのだろう。身体強化魔法で視力を強化することも確かに可能ではある。だが、それにしては見える範囲が異質すぎる。

（底知れないな）

ここに揃《そろ》った三人の才能に心からそう思う。そして、進む道によっては全員が危険人物になり得る。彼らが道を過《あやま》たずに済むよう、支えていかなければならないだろう。

そんな風に結論付けたアシェルをハロルドが見ていた。

「ん？　どうかした？」

「いえ、何でも」

にこ、と笑顔を見せたハロルドを不思議に思いながら、彼は「そう？」と首を傾げた。

ハロルドは友人の目の正体が何であるかを知っている。だが、それを安易に言いふらすつもりはない。魔眼も持っていると厄介なことがあるのだ。

（世の中には、魔眼コレクターとかいうヤバい人もいるらしいからな）

それが元々目が良い少年が身体強化の結果、視力がより強くなっただけだと認識されるのならばそのままの方がいい。

そんなことを考えていると「ハルぅ〜」と言うリリィの声と何かが転がるような音が聞こえた。

「見て見てぇ〜！　こいつ、ウチをつつこうとしたの。なっまいき！　だから、ツタで捕まえてぇ、地面に叩きつけてやったんだから」

周囲にいたものよりも二回りほど大きなスカークロウが息絶え、土魔法で転がされた影響かボロボロの状態で届けられた。途端、けたたましい叫び声と共にスカークロウたちが去っていく。これが群れのボスであることは確かだったのだろう。

「ウチを小さな虫扱いしたのが間違いなのよ。ざまぁみなさい」

ふん、と鼻を鳴らす。

「えっぐ」

「僕、絶対妖精たちを敵に回したくない」

アーロンとブライトは素直にドン引きしていた。アシェルは人間がもっと酷《ひど》い目に遭っているのを知っているのでむしろ「案外綺麗《きれい》に殺してもらえてよかったな」という感想である。

「ありがとう、リリィ。じゃあ後は……ここを何とかしないとね。ローズ、燃やすのを手伝ってくれる?」

「いいわよ!」

「僕も手伝うよ。灰にするのは得意だよ」

倒した後の死体を放置していたら、それを漁りにスカークロウがまたやってくる。彼らは同胞の死体でも喜んでむさぼり食らう。餌場があると認識されてはいけない。

「じゃあ、俺らはスカークロウの死体を集めていくか。容赦なくやってるから素材にもなりそうにねぇしな」

「まぁ、元々解体しても大した金額にならないしね」

アーロンとブライトは「つくづくうま味のない魔物だ」と思いながら手袋をつけて一か所へと集める作業に入った。

ハロルドとアシェルは布で口と鼻も覆う。

「ぜーんぶ、ぜんぶ、もっやしっちゃお～」

「ローズ、物騒な歌やめてよ～！」

ブライトの泣きそうな声を気にすることなく、ローズは続いて「焼き鳥、消し炭、まっくろこげ～」などと続けている。楽しそうだ。

「ボクはハルの上」

「ネモフィラずるぅい！　じゃあ、ウチはハルの肩！」

各々自由に行動する妖精たち。

ハロルドは「これで今回の厄介ごとも終わりか」と胸を撫でおろす。そして、根気よく全てを処理した後に解散となった。

やはりただで仕事をしてもらうのは気が引けたので、ハロルドは解散の際にアーロンとアシェルに無事だった野菜をいくつか押し付けた。

翌日、ブライトはあくびをしながら、前日と同じように畑に出る。

ハロルドの後ろ姿を見つけると「おはよー」と声をかけた。

「おはよう。もう少し寝ててもよかったのに」

「それを言うならハロルドくんだってそうでしょ」

「俺は日課だから」

そう言って汗を拭う。穏やかなその姿はいつもの様子で落ち着いていた。ブライトは安心してニコニコと笑う。

「僕も手伝おうか？」

「いや、さっき終わったところだから大丈夫だよ。今日は何をしようか」

そう言ったハロルドの後ろから妖精たちが顔を出す。

「肥料作り！」

「野菜スープ」

「お菓子ぃ！」

三人ともバラバラの主張をした後に、「アタシが一番最初に言った！」「ボクは水やり手伝った」「ウチだって昨日ボス鳥やっつけたぁ」と喧嘩を始めた。その賑《にぎ》やかな様子を見ながらブライトは「放っておいて大丈夫なの？」とハロルドに尋ねる。

「俺が仲裁してもどうせ喧嘩は止まらないからね。あ、そうだ。どうせならちゃんと食べられる肉でも狩りに行く？」

「いいね！　アーロンくんも誘おうよ」

妖精たちが喧嘩をしているうちにサクサク計画は決まっていく。彼女たちがハロルドに意見を求めようとした時にはすでに出かける準備が完了していた。

「じゃあ、ついでに肥料に使う草も採取してくるね」

「う……」

「スープに肉も入れたいし」

「うん……」

「お菓子も材料がないと」

「わかったぁ……」

そういうことなら、と彼女たちは渋々と受け入れた。ハロルドは約束を守ってくれると知っているから受け入れたともいう。

こうして平和を取り戻した彼らは、一部トラブルはありつつも残りの夏休みは無事に過ごすのだった。

あとがき

この度は、『巻き込まれ転生者は不運なだけでは終われない　1』をお手に取っていただき、誠にありがとうございます。作者の雪菊と申します。

このお話はファンタジーと流行《はや》りのとあるジャンルをやりたくて始めました。ＷＥＢにて連載している作品で、初めは序盤の展開からほとんど読まれていなかったのですが、十万字を超えた頃くらいから、急にＰＶとブックマークが増えて非常に慌てたことをよく覚えています。まさか、書籍化できるとは思っていなかったので、見つけてくださった読者の皆様、担当様には本当に感謝をしています。

紙の本になるのは初めてなので不安だったところもありましたが、担当様にアドバイスをいただきながら加筆・修正し、より良い物語になったと思っています。番外編を含めて書き下ろし部分も多いので、ＷＥＢ版を読んでいただいていた方にも楽しんでいただけるのではないかと自負しております。

本になることによって、カバーイラスト、口絵、挿絵がついたのですが、今まで私の中にしかなかった彼らの容姿や表情、この物語の世界がＲｕｋｉ先生の手で生き生きと描かれています。どの絵も素晴らしく、ラフが来るたびに嬉《うれ》しくて飛び跳ねたくなる気持ちでした。絶世の美少年なんていう注文に応えていただき、本当に感謝しております。

この本を刊行するにあたって関わってくださった全ての方々に厚く御礼申し上げます。

1とついているので叶《かな》うことならば二巻以上も続いて、本という形でまた皆様の目に留まることを願ってやみません。

改めまして、最後まで読んでいただき、本当にありがとうございます。これからもハロルドたちの物語を愛していただけるように頑張ります。

また、二巻でお会いできることを心より願っております。

雪菊

巻き込まれ転生者は不運なだけでは終われない 1

発行　2024年6月25日　初版第一刷発行

著者　雪菊
イラスト　Ruki
発行者　永田勝治
発行所　株式会社オーバーラップ
〒141-0031
東京都品川区西五反田8-1-5
校正・DTP　株式会社鷗来堂
印刷・製本　大日本印刷株式会社

Printed in Japan
ISBN 978-4-8240-0856-5 C0093

※乱丁本・落丁本はお取り替え致します。左記カスタマーサポートセンターまでご連絡ください。
※定価はカバーに表示してあります。

【オーバーラップ　カスタマーサポート】
電話　03-6219-0850
受付時間　10時～18時（土日祝日をのぞく）

作品のご感想、ファンレターをお待ちしています

あて先：〒141-0031　東京都品川区西五反田8-1-5 五反田光和ビル4階　ライトノベル編集部
「雪菊」先生係／「Ruki」先生係

スマホ、PCからWEBアンケートにご協力ください

アンケートにご協力いただいた方には、下記スペシャルコンテンツをプレゼントします。
★本書イラストの「無料壁紙」　★毎月10名様に抽選で「図書カード（1000円分）」

公式HPもしくは左記の二次元バーコードまたはURLよりアクセスしてください。
▶ https://over-lap.co.jp/824008565
※スマートフォンとPCからのアクセスにのみ対応しております。
※サイトへのアクセスや登録時に発生する通信費等はご負担ください。

オーバーラップノベルス公式HP ▶ https://over-lap.co.jp/lnv/

コミカライズ連載中!!
お気楽領主の楽しい領地防衛
okiraku ryousyu no tanoshii ryouchibouei
～生産系魔術で名もなき村を最強の城塞都市に～
Sou Akaike
赤池宗
illustration 転
ハズレ適性の生産魔術で
辺境を最強の都市に!?
転生者である貴族の少年・ヴァンは、魔術適性鑑定の儀で"役立たず"とされる生産魔術の適性判定を受けてしまう。名もなき辺境の村に追放されたヴァンは、前世の知識と"役立たず"のはずの生産魔術で、辺境の村を巨大都市へと発展させていく──!
OVERLAP NOVELS

OVERLAP NOVELS
現代社会で乙女ゲームの悪役令嬢をするのはちょっと大変
It's a little hard to be a villainess of a otome game in modern society
二日市とふろう
[イラスト] 景
「北海道開拓銀行を買収するわ」
好評発売中!!!
2008年9月15日、リーマンショック勃発。
とある女性もまた時代の敗者となり――そして、現代を舞台にした
乙女ゲームの悪役令嬢に転生!?
持てる知力財力権力を駆使し、悪役令嬢・桂華院瑠奈はかつての
日本経済を救うため動き出す。